S.F.
V.

Monika Maron
Joseph von Westphalen

Trotzdem herzliche Grüße

Ein deutsch-deutscher Briefwechsel

Mit einem Nachwort von
Antonia Grunenberg

S. Fischer

Gesamtherstellung: Druckerei Wagner GmbH, Nördlingen
Printed in Germany 1988
ISBN 3-10-090508-3

Trotzdem herzliche Grüße

Ein deutsch-deutscher
Briefwechsel

München, den 3. Juli 1987*

Liebe Monika Maron,
neigen Literaten in der DDR zum Duzen oder zum Siezen? Oder läßt sich das nicht verallgemeinern? Gibt es einen Trend zum distanzierten Sie, wie man ihn hier bei uns feststellen kann? Vielleicht stelle auch nur ich allein ihn fest, und das auch nur, weil ich älter werde. Wie sagte der uns beiden gesamtdeutsch gleich gut bekannte Puschkin in seinem Onegin: Ist es möglich, daß der Frühling meiner Tage ganz einfach vorbei ist, ist es möglich, daß ich bald dreißig bin?
Ich bin Anfang Vierzig. Also alles vorbei. Dafür hat man den guten Überblick. Ich will aber die Koketterie lassen. Die Protokollfrage mit der Anrede ist läppisch. Sie zeigt aber doch, daß ich nichts weiß von ihnen, von euch, von uns, von ihm, von ihr, von dir, von mir. Nichts.
Ihr in Eurer finsteren Zone drüben – die Parodie der reaktionären Wendung bleibt uns oft als letzte verlegene Möglichkeit der Benennung. Ob Sie und ich/Du und ich noch denselben Ironiebegriff haben? Oder ist der auch schon geteilt? Eigentlich ist es ja eine Art unverschuldeter Doppelzüngigkeit, in der wir uns befinden.
Gleich noch ein Benennungsproblem: Weil es so dummdreist und ungebrochen ist, von *Deutschland* zu sprechen wie ein CSU-Mitglied, weil das so etwas Heimatvertriebenenverbandsvorsitzendenhaftes hat, möchte man das nicht so einfach sagen und hinschreiben. Journalisten haben sich das *Hierzulande* angewöhnt, mit dem sie schnell und ohne sich irgendwie zu bekleckern über die Runden kommen.
Hierzulande ist neutral und sauber. Nur für mein feines Öhrchen einfach zu sehr hingefloskelt. Und dann ist es eben deutlich ein Verlegenheitswort. Ein echtes Spaltprodukt. Wir soll-

* Die angegebenen Daten sind die Erscheinungstermine im *ZEITmagazin*.

ten sprachliche Spaltprodukte der Teilung sammeln wie exotische Käfer und später im Rentenalter mal ein Buch draus machen. Alles klar?

Alles klar wird bei-uns-zustaate im selben Maße zunehmend gebraucht, wie alles trüber wird. Irgendwie habe ich die Hoffnung, daß bei-Euch-zulande der passable Bevölkerungsanteil statt dessen sagt: starker Bodennebel – oder derartiges. Ich denke mir, daß dementsprechend die Unerträglichkeit bei Euch schärfer ist. Die Unerträglichkeit bei uns ist so wattig.

Unerträglich aber, soviel steht fest, ist nach wie vor die Beschaffenheit unserer gemeinsamen Grenze. Das ist nun das Allerletzte. Was denke ich als normaler, das heißt, nicht obrigkeitshöriger, verdeckt aufsässiger Bundesbürger, wenn ich über die Grenze nach Österreich, Italien, Frankreich, Holland fahre? Es hängt von der Laune ab, was ich denke, und die Laune hängt wiederum vom Wetter ab; und dann hängt es noch von der Visage und den Gebärden des Zollfritzen ab: Je nachdem, ob er mich freundlich oder herablassend durchwinkt, ob er meinen Paß nachlässig oder pseudogenau anschaut, denke ich: Affe, oder: Esel, und wenn er sehr freundlich ist und es regnet, dann fallen mir die Autostinkeluft und seine Lungen ein, und ich denke: das arme Schwein.

Wenn ich nach Süden fahre, denke ich immer, wieviel besser doch die Italiener aussehen als die Deutschen, wenn aber dann einer von denen mich bittet, den Kofferraum zu öffnen, was freilich selten vorkommt, dann sehe ich in seiner adretten Uniform nur noch das Faschistische, auch wenn er nur nach Kaffee oder Wein oder was-weiß-ich herumwühlt. Ich sehe seinen Hintern und wie er sich wie eine Putzfrau in meinem Kofferraum zu schaffen macht. Und ich stelle mir vor, wie ich ihm einen Tritt in den Arsch gebe.

Nur bei den DDR-Zöllnern denke ich als aufgeschlossener Bundesbürger anders. Obwohl dieses Grenzspektakel ja nun wirklich jeder Beschreibung spottet, habe ich eine Scheu vor Rache-Phantasien. Ich denke nur deswegen nicht so schmutzig über Eure Zöllner, weil dies die schmutzigen Gedanken unserer Reaktionäre sind. Ist aber auch falsch. Die Schonung

haben Eure Heinis wahrlich nicht verdient. Dieser Firlefanz und diese zurückhaltende Höflichkeit sind wirklich ekelhaft. Allein diese Rohrpostanlage, durch die mein Paß zischt, bevor ich mich mit dem Auto auf den Transit nach Berlin begebe.
Aber ich bin wie alle, die ich kenne, bereit, die Sache als absurd hinzunehmen. Man entschließt sich, es komisch zu finden, exotisch wie die Hoppelei über Eure Autobahn. Alles halb so wild.
So haben die von Euch produzierten Unerträglichkeiten seltsamerweise einen Bonus. Den Rechten bei uns dienen sie als Bestätigung ihrer Vorurteile; und die Linken wollen nicht den Rechten Argumente liefern, und also schweigen sie betreten. Ein seltsames Abkommen.
Ich will wissen, was Ihr über Euch selbst denkt und was über uns. Ich möchte rauskriegen, welchen Vorurteilen über die Vorsintflutlichkeit der DDR ich aufsitze. Ich bitte um Antwort.
Zurück zur Grenze. Allein das Wort dürfte von unüberbietbarer Doppelwertigkeit für uns beide sein. Wir hier denken doch bei *Grenze,* solange wir nicht Fernfahrer sind, zuerst an Ferien und in zweiter Linie an Autobahnstau; und dann erst kommt die lästige Erinnerung an das Ordnungssystem.
Aber Ihr, was denkt Ihr bei dem Wort *Grenze,* wie muß das in Euren Ohren klingen? Das, Madame, will schleunigst wissen

Ihr/Dein Joseph Westphalen

Berlin-Pankow,
den 10. Juli 1987

Lieber Joseph von Westphalen,
das sind der Fragen aber viele, die Sie mir gleich im ersten Brief zu beantworten aufgeben. Ich mache mich also ohne weitere Vorreden an die Arbeit.
Ob die Literaten in der DDR zum Duzen oder Siezen neigen, läßt sich so einfach nicht sagen. Die DDR ist, wie Sie ja wissen, ein kleines Land, das zudem unter Bevölkerungsschwund, insbesondere unter Literaturschwund leidet. Der Zustrom hingegen hält sich gering. Die Zurückgebliebenen kennen sich seit zwanzig Jahren oder länger, rücken auch enger zusammen, damit durch die Lücken nicht der Zugwind pfeift; ob Du oder Sie, ist oft keine Entscheidung.
Beim Nachdenken darüber fällt mir auf, daß wir beide – Sie und ich – verschiedenen Dus ausgeliefert sind. Ihr Du ist das Boutiquendu: kann ich dir helfen; das therapeutische Alternativdu: das Gespräch mit dir war mir sehr wichtig, du; das Englischdu: how do you do. Mein Du ist das allgegenwärtige Gewerkschaftsdu: Kollege Meier, hast du dich schon mit dem Kollegen Müller beraten; und natürlich das Minderheitendu, eine konspirative Herzenssache.
Wahrscheinlich ist Ihr Bedürfnis nach Distanz doch Ihrem hohen Alter zuzurechnen, und auch ich, die ich drei Jahre älter bin als Sie, achte, wie Sie wohl bemerkt haben, so kurz vor meinem Tode auf Abstand.
Ich blättere in Ihrem Brief und finde, daß Ihre ungestüme Wißbegier mich überfordert. Jugend, Benennung, Grenze. Es fragt sich schnell. Für die Antworten brauche ich Zeit, was auf Papier Raum bedeutet, also entschuldigen Sie, wenn ich für heute eine Auswahl treffe nach eigenem Ermessen.
Ich wähle die Grenze, denn kaum ein anderes Wort ist durch die politischen Verhältnisse seiner Vielseitigkeit beraubt wor-

den wie dieses. Wer hier im Zusammenhang mit dem Wort Grenze ans Reisen denkt, denkt an das, was zwischen ihm und seinem Ziel steht: Soldaten, Stacheldraht, die Mauer, Gesetze. Die Gesetze sind das Schlimmste, sie kriminalisieren schon die Träume. Ob wir von mathematischen Grenzwerten sprechen, von Grenzüberschreitungen im ästhetischen oder philosophischen Sinn oder von der ökonomischen Grenznutzentheorie, wir assoziieren zugleich des Wortes sichtbarste Bedeutung: die unüberschreitbare Grenze um uns herum. Und wer sie, wie ich, dennoch hin und wieder passieren durfte, weiß, daß er eine traumatische Sehnsucht mit allen anderen nicht mehr teilt. Der Riß geht durch die Familien. Jetzt werde ich wohl etwas pathetisch, aber mir klopft das Herz und ich habe feuchte Hände, während ich das schreibe, nicht vor Angst (ein bißchen vielleicht doch). Dabei habe ich vor fünfundzwanzig Jahren, als die Mauer gebaut wurde, zwar nicht zu denen gehört, die sie bejubelten, wohl aber zu jenen, die hofften, so, getrennt von dem fremden Wertsystem, ließe sich endlich eine gerechte sozialistische Gesellschaft mit wahrhaft demokratischen Umgangsformen aufbauen, die, wenn sie ihre Konzeption erst einmal ungestört entwickeln konnte, keine Mauer mehr braucht.

Na ja, so hohl wie die Hoffnung gerät mir nun der Satz über sie. Inzwischen kaufen die Leute ihre HB nicht mehr am Gesundbrunnen, sondern im Intershop, die D-Mark ist die zweite Währung im Land, die ARD das erste deutsche Fernsehen, der Sozialismus findet sich als Adjektiv vor jeder zivilisatorischen Alltäglichkeit: der sozialistische Handel, die sozialistische Gastronomie, die sozialistische Verteilung der Parkplätze, und wer daran etwas rumzunölen hat, setzt sich dem Verdacht aus, ein Antisozialist zu sein, was übrigens – im Gegensatz zu den geifernden Tiraden Ihres Herrn Löwenthal – in der Regel folgenlos bleibt, denn Ruhe ist die erste Bürgerpflicht, auch der Behörden.

Ich habe über meinem Unmut vergessen zu sagen, daß die Mieten wirklich billig sind, daß eine Fahrt mit der U-Bahn wirklich nur zwanzig Pfennig kostet, für Kinder und Rentner

die Hälfte, daß es wirklich keine Arbeitslosen gibt; und das ist ja nicht einmal wenig, aber offenbar doch zu wenig, um den Makel dieser Grenze zu tilgen.
Manchmal frage ich mich auch, wer oder was durch diese Grenze denn geschützt werden soll, wenn sich meine Regierung mit Ihrem Bayernkönig am Ende doch besser versteht als mit mir, und der sich mit meiner Regierung vermutlich besser als mit Ihnen. Ich glaube schon lange nicht mehr, daß Grenzen durch Landschaften gehen. Dann laufe ich durch meine Stadt und glaube es doch. Ach, diese ostelbische Schwermut, aber lassen Sie sich nicht täuschen, es gibt hier einen ganz seltsamen Humor, nur scheint der eben vor diesem Wort zu versagen, und vielleicht hätte ich an den Anfang auch ein anderes stellen sollen, denn wie Sie fürchte ich, die selbstgerechte Ignoranz mancher blitzsauberer CDU-Wähler zu bestärken, von den Aktivisten ganz zu schweigen. (Ich würde die [Realo-]Grünen wählen, auch wenn Schily manchmal schon wie ein ganz erwachsener männlicher Politiker klingt.)
Zum Schluß noch eine Frage: Täusche ich mich oder ist die DDR tatsächlich im Begriff, zu einem beliebten Ausflugsziel der weltläufigen Bundesbürger, namentlich der Intellektuellen unter ihnen, zu avancieren? Sie fahren nach Sachsen, Thüringen, am liebsten aber, wie mir scheint, nach Mecklenburg. Ist das eine neue Art von Heimatliebe oder nostalgischer Neugier, weil es doch bei uns noch diese richtigen Dörfer gibt, angesichts derer man seufzen darf: ach ja, wie in meiner Kindheit. Was denken Sie?
Ich hoffe, daß ich, nachdem zur Grenze fürs erste genug gesagt ist, die Korrespondenz mit Ihnen nun gelassener fortsetzen kann.

Ihre Monika Maron

München, den 17. Juli 1987

Liebe Monika Maron,
wir werden oft genug auf unsere seltsame politische Lage zu sprechen kommen, aber unsere Lage als Briefeschreiber ist auch nicht wenig eigenartig: Manchen nach Jahrzehnten veröffentlichten Literatenbriefen merkt man ja an ihren bedeutsam hingestanzten Erkenntnissen an, daß den Leuten beim Schreiben der Gedanke an Nachruhm im Nacken saß. Wir aber schreiben uns nicht in der eitlen Hoffnung, dermaleinst gedruckt zu werden, sondern in der Gewißheit, daß dies sofort geschieht. Das macht es nicht leicht, privat zu werden. Was aber wäre ein Brief ohne persönliche Botschaften?
Daher beeile ich mich, Ihnen mitzuteilen, daß ich in Luzern war und dort mit mehreren anderen Autoren an einem Literaturfest teilnahm. Und schon wird mir klar, daß sich auch hier ganz zwanglos ein Berührungspunkt findet (oder ist das zwanghaft?). Denn ein bißchen ist die Schweiz für die bundesdeutschen Intellektuellen vielleicht das, was die Bundesrepublik für DDR-Intellektuelle ist (eine riskante These, zugegeben): Die Schweiz ist das reichere Land; und dann haben es die Schweizer Eierköpfe, die weder ihre eigenen noch die Bonner Politiker ausstehen können, sehr gern, wenn ein Autor aus der Bundesrepublik schreibend oder lesend seinen heimatlichen politischen Jammergestalten an die Gurgel fährt. Dafür gibt's Geld, diskret und in der härteren Währung. Das erinnert an Lesereisen von DDR-Autoren zu uns herüber.
Aber hier enden auch schon die notdürftigen Parallelen, und nun gehen die Vergleichslinien weit auseinander. Aber nur so, mit solchen plumpen und schiefen Vergleichen, kann ich versuchen, mich in Ihre Lage zu versetzen, liebe Monika Maron: in die Lage einer Autorin, die nur in einem anderen Land die Kritik am eigenen loswerden kann. Wenn ich mir vorstelle,

daß ich nur in Schweizer Verlagen über die Bundesrepublik meckern dürfte, in Büchern, die man hier nicht zu lesen bekäme – dann wird es mir schwummrig. Wie hält man das aus?
Sie schreiben von Ihren feuchten Händen. Wenn unsere Hände hier feucht werden, dann hat das, glaube ich, nicht so triftige Gründe. Unsere persönliche Existenz ist selten direkt von der Staatsgewalt betroffen (es sei denn, wir ähneln zufällig einem Terroristen). Unsere Hände werden vielleicht vor Wut auf Gauweiler oder auf Zimmermann feucht, die uns aber eigentlich mehr ärgern und in unserer Würde verletzen, als daß sie uns wirklich das Leben schwermachten. Es ist eine Art Luxuswut, denke ich, mit Spott und Gelächter vermischt, die wir auch auf Gestalten wie den bald abtretenden Fernseh-Löwenthal haben.
Sie schreiben von den Geifertiraden »Ihres Herrn Löwenthal«, und ich muß feststellen, daß mir das Possessivpronomen weh tut. Dieser Herr ist nicht meiner! Können wir uns nicht in solchen Fällen ausnahmsweise auf das Plural-Duzen einigen: Euer Löwenthal? Das ginge mir weniger nah. Ich will Sie dann auch nicht mit »Ihrem« Staatsratsvorsitzenden traktieren, sondern aus Gründen der Revanche nur anmerken, daß es mich wurmt, wie schnell Euer Honecker die Unverschämtheiten unseres Kohl angesichts irgendwelcher Handelsabkommen vergißt und wie penetrant er unseren Wirtschaftsbossen die Hände schüttelt und mit ihnen ein Gläschen Sekt trinkt. Die sind sich ganz nah. Uns aber hat man geteilt.
Sie haben recht: Nostalgie ist sicher einer der Gründe, warum die DDR als Reiseziel für Westdeutsche so beliebt wird. Es sind Fahrten ins Fotoalbum der Eltern, auch wenn die in Köln gelebt haben. Pferdeäpfel auf der Straße, keine Teststrecken in der Landschaft, und die Alleebäume sind nicht durch den Druck der Automobil-Lobby vom Abholzen bedroht, sondern nur durch gesamtdeutsche Schadstoffe. So stellt man sich das vor. Das sucht man, und das scheint man auch zu finden. Als krönender Abschluß dann die perfekt restaurierte Dresdner Oper.

Ich erfinde als Prototyp einen liberalen Zahnarzt. Ein netter Kerl. Nicht verbohrt. Sein teures Auto ist ihm ständig peinlich. Er hätte sich den VW Käfer seiner Tochter ausleihen sollen. Es ist nicht so, daß er schadenfroh in der DDR die Rückständigkeit sucht, nachdem er sich an den jugoslawischen, griechischen und süditalienischen Unzulänglichkeiten schon erschöpfend gelabt hat. Nach seiner Reise erzählt der Zahnarzt zuerst brav alles Positive, von den billigen Mieten bis zu besagten Alleebäumen. Dann aber muß er doch gestehen, daß er das perverse Gefühl hatte, in einem Gefängnis herumzufahren. Nach Kohls KZ-Vergleich traue er sich das kaum zu sagen. Und unser Fernsehscheiß ist für die das Höchste, sagt er. Bedrückend das alles.
Und je mehr er vom guten EG-Rotwein trinkt, desto mehr kommen die Schauergeschichten aus ihm raus, nicht zynisch, sondern fassungslos: Versorgungsengpässe, lustlos herumstehende Arbeiter, abenteuerlich schlüpfrige Angebote in miesen, beklemmenden Luxushotels, noch weniger Umweltbewußtsein, stinkiger Funktionärsfilz, keine Spur von Architekturkritik, von anderer öffentlicher Kritik ganz zu schweigen. Das Frühstücksei mußte aus einem benachbarten Dorf geholt werden: zwölf Kilometer, sagt der liberale Zahnarzt. Da fällt seiner Frau ein, daß sie schnell noch die Milch mit den ganz wenigen Becquerel vom Ökoladen am anderen Ende der Stadt holen muß: acht Kilometer. Am Fuß der dritten Chianti-Flasche kapiert keiner mehr irgendwas.
Deswegen fahre ich auch in diesen Ferien wieder nicht in die DDR. Ich fahre lieber wieder in die Toskana, wo ich nichts anschauen muß, weil ich schon alles gesehen habe. Auch das ist pervers. Aber ich komme mir wenigstens nicht vor wie ein Voyeur. Und ich muß keinen lästigen Antrag stellen. Ob ich die DDR als Reisender verstehen würde, bezweifle ich ohnehin, nach dem, was ich bisher von Reisenden hörte.
Von Ihren Briefen erhoffe ich eher Aufklärung.

Gruß, Joseph Westphalen

Berlin-Pankow,
den 24. Juli 1987

Lieber Joseph von Westphalen,
schön ist, daß ich Lust habe, auf Ihre Briefe zu antworten, obwohl mich die rhetorische Einseitigkeit deutsch-deutscher Gespräche seit langem ärgert. Der Westmensch fragt, der Ostmensch antwortet. Wenn der Ostmensch zu fragen beginnt, verliert der Westmensch das bis eben noch in seinen Augen mitfühlend glühende brüderlich-schwesterliche Interesse; und wenn der Ostmensch gar wissen will, wem der Westmensch bei der letzten Wahl seine Erst- und Zweitstimme gegeben hat, zieht dieser sich zurück bis hinters Bürgerliche Gesetzbuch und murmelt etwas von geheimer Wahl. Zudem ist es dem Ostmenschen unmöglich, der durchschnittlichen Unwissenheit des Westmenschen eine entsprechende entgegenzusetzen und ihn zum Beispiel nach der Höhe der Mieten in München oder Hamburg, nach den Streitereien um die Gesamtschulen und um das Reinheitsgesetz des deutschen Bieres zu befragen. Das weiß der interessierte Ostmensch schon, weil er regelmäßig die Tagesschau und Kennzeichen D sieht. Würde sich ein Westmensch die Disziplin abnötigen, auch nur drei Tage hintereinander unsere Aktuelle Kamera (Beginn 19.30 Uhr) zu sehen, wüßte er über die Absurdität unserer Verhältnisse mehr, als man ihm in einem vielstündigen Gespräch vermitteln kann.
Trotzdem schreibe ich Ihnen, wie gesagt, gerne, weil Sie mir ersparen, die DDR gegen landläufige Vorurteile verteidigen zu müssen, was wohl daran liegt, daß die Grenzen im Kopf anders verlaufen als die geographischen Markierungen.
Daß sich bundesdeutsche Schriftsteller in der Schweiz befinden können wie DDR-Schriftsteller in der BRD, erschüttert mein Bild von der Schweiz, die mir immer wie eine reiche DDR vorkam: eng, miefig, kleinlich, mit einem übersteiger-

ten Bedürfnis nach Sicherheit und Ordnung; daneben das verzweifelte Aufbegehren eines Häufleins Unzufriedener gegen die provinzielle Abgeschiedenheit und die denkfaule, herzlose Saturiertheit ihrer eidgenössischen Mitbürger. Meine Schweizer Freunde sitzen in den Kneipen, die wie bei uns pünktlich um Mitternacht schließen, oder in ihren Wohnungen und stöhnen wie wir: Man muß mal raus. Der Unterschied ist, sie können. Sie fliegen kurz nach West-Berlin, genießen exzessiv, daß es keine Sperrstunde gibt, besuchen trotzdem immer ihre Freunde im Osten, in einer mir aus der DDR bekannten Treue.

Auch bei Lesungen hatte ich den Eindruck, daß die Schweizer meinen Texten weniger mit der voyeuristischen Neugier von Leuten zuhören, die es, Gott sei Dank, im Leben besser getroffen haben, als eher mit dem staunenden Erkennen, daß Geschichten aus dieser komischen kleinen DDR auch ihr eigenes Land betreffen. Und mich freut es dafür, daß, wenn auch nicht ich, so doch mein Freund Reto Hänny seine staatsgefährdenden Gedanken in der DDR veröffentlichen kann, denn letztlich ist es ja gleich, ob die aufwieglerischen Sätze einem Graubündener oder einem preußischen Kopf entstammen. Und da die hiesigen Behörden in nationalstaatlichen Prinzipien denken, demzufolge davon ausgehen, daß ein Schweizer Querulant auf keinen Fall die DDR meinen kann, halten sie ihn für ungefährlicher als den Querulanten im eigenen Land. In diesem Fall ist das gut so.

Das auch zu Ihrer Frage, wie man es aushält, nur durch die Verlage eines anderen Landes über das eigene meckern zu können. Wäre es anders, müßte ich weniger meckern. Daß man die Bücher hier nicht zu lesen bekommt, stimmt nur bedingt. Ein Exemplar wird manchmal von hundert Leuten gelesen, schon bei hundert Büchern sind das bis zu zehntausend Leser, Sie wissen doch: ... was verboten ist, das macht uns gerade scharf ... (Biermann). Das Schlimmste, was einem Autor hier passieren kann, ist nicht, nicht gedruckt, sondern im *Neuen Deutschland* gelobt zu werden, was den meisten von mir geschätzten Autoren in der Regel auch erspart bleibt.

Trotzdem gebe ich Ihnen recht, wenn Sie von meiner plumpen und schiefen Lage schreiben, die außer programmierten Mißverständnissen auf der anderen Seite auch noch die Notwendigkeit einschließt, jährlich ein Dutzend oder mehr Bittgesuche zu verfassen, die dann nach unergründlichen Ratschlüssen wohlwollend oder unwohlwollend geprüft werden. Mein letzter Bittbrief war vergeblich geschrieben, was bedeutet, daß wir uns nicht, wie ich dachte, in München treffen, sondern uns weiterhin langsam und allmählich auf vorgeschriebenem Zeilenmaß einander nähern müssen oder können. Für unsere Korrespondenz ist das sicher von Vorteil, sonst erzählen wir uns in einer Nacht bei einigem Wein alles, was wir uns in der nächsten Zeit schreiben wollen. Und was machen wir dann?

Nun noch einmal zu »Ihrem Löwenthal« und dem von Ihnen vorgeschlagenen Pluralduzen, gegen das ich eine gewachsene Abneigung hege. Lieber spreche ich von »meinem Staatsratsvorsitzenden« als von »unserem Staat«, was mich in der Sprachregelung sofort erinnert an »unsere Menschen«, diese vielgebrauchte Bezeichnung meiner hohen und niederen Regierenden für das Staatsvolk der DDR. Das »unser« und »euer« setzt ein »wir« und ein »ihr« voraus, aber Sie schreiben ja nicht uns, sondern mir; und ich schreibe nicht euch, sondern Ihnen. Nein, schrecklich dieses Pluralduzen, denken Sie nur an euern Boris und unsere eislaufende Katarina, da wären unversehens Sie und Ihr Herr Löwenthal im gleichen »ihr« vereint, das können Sie unmöglich wollen, und man ahnt, wer sich noch hinter solchem »wir« verschanzt.

Die Formulierung »Ihr Boris« und »meine Katharina« hingegen scheint mir mehr Distanz, sogar Ironie zu enthalten. Tun Sie mir die Liebe und bleiben Sie ein »Sie« mit einem »Ihr« und laden Sie auch mir ohne Scham solcherart Besitz auf. In diesen Verhältnissen leben wir nun einmal. Es grüßt sie herzlich

Ihre Monika Maron

München, den 31. Juli 1987

Liebe Monika Maron,
nein, ich lasse mich nicht zum typischen Westmenschen machen, das habe ich nicht verdient. Ich will nicht zu dieser Herde der von Ihnen angesprochenen ignoranten Tuschler und Wahlkreuzgeheimniskrämer gehören. Ich gehöre vielmehr zu den ich weiß nicht wieviel hunderttausend auf ihre Art auch bescheuerten Leuten, die die Westwahl für einen ausgemachten, aber auch notwendigen Massenbetrug halten, die zähneknirschend und unrasiert zur Urne schlurfen, stöhnend die Grünen wählen und dabei das Gefühl haben, ungeliebten Pfefferminztee zu trinken.
Ja, zum Teufel mit dem ewigen Ost-West-Problem. Aber unsere Konstellation erzwingt es geradezu, daß wir ständig davon reden. Gottlob gibt es die Möglichkeit, sich zu stilisieren; ich denke, davon machen wir in unseren bisherigen Briefen schon kräftig Gebrauch, und das sollten wir auch tun. Westöstliche Rollenspiele – wenn wir unsere Korrespondenz so auffassen, laufe ich nicht Gefahr, Ihnen mit stereotypen Fragen auf die Nerven zu gehen. Und immer mehr wollen wir nicht vergessen, ganz himmelsrichtungslos zu werden, die westöstlichen Masken beiseite zu legen und über etwas zu schreiben, was hier wie dort gleich ist. Da böte sich die Liebe an. Oder auch das Briefmarkensammeln; das stelle ich mir in Dresden auch so ähnlich vor wie in Stuttgart.
Völlig recht haben Sie mit Ihrer exakt begründeten Ablehnung des von mir in salopper Westlaune vorgeschlagenen Pluralduzens. Das war ein unbedachter und falscher Annäherungsversuch, den Sie mir hoffentlich gnädig verziehen haben. Ich greife also mit wunschgemäßer Ironie nicht »Euer«, sondern »Ihr« Fernsehen auf, das ich in München nicht empfangen kann; was allerdings kein Grund ist, die Totalverkabelung herbeizusehnen. Wenn der Westmensch um

19.30 Uhr Ihre »Aktuelle Kamera« so gut wie nie sieht, spricht das nicht unbedingt für sein Desinteresse. Denn den katastrophalen Politquatsch haben wir ja hier auch zur Genüge. Wenn ich mir aus einem inneren Informationszwang heraus ansehen muß, wie unser Bundesinnenminister Zimmermann mit schiefem Grinsen vor irgendwelchen keineswegs aufbegehrenden Journalisten eine abscheuliche Plastikkarte als neuen maschinenlesbaren (aber nicht waschmaschinenfesten!) Personalausweis präsentiert – dann verbrauche ich bereits meine ganze Disziplin, um nicht mein Telefonbuch gegen die Bildröhre zu schleudern. Und wenn gar ein Sommerfest im Kanzlergarten stattfindet und eine Schar gedrillter Kinderchen dem Kohl, der auf dem Bildschirm wie eine Riesenpuppe aussieht, ein Ständchen vorsingt, dann ist das von so einer erwürgenden Spießigkeit, das ist eine so gesamtdeutsch-verlogene Stimmungsmache, daß ich mir nicht noch eine DDR-Sendung antun muß, die wesentlich gräßlicher auch nicht sein kann. Im übrigen bin ich optimistischer als Sie oder auch eingebildeter, weil ich glaube, daß ich Ihnen über Ihr Westwissen hinaus doch noch etwas Neues erzählen kann; das jedenfalls ist mein Ehrgeiz. – Indem ich mich bei Ihnen über unsere Zustände beklagen kann, gewinnt übrigens nebenbei die platt werdende Nestbeschmutzung wieder etwas Relief. Aber befürchten Sie bitte nicht, daß ich Sie und Ihre Schulter nur zum klangvollen Ausweinen mißbrauchen will; das ist nur ein Nebeneffekt.
Die Leichtigkeit, mit der Sie Ihre trotz verschiedenster Bittgesuche nicht genehmigte Lesereise in den Westen erwähnen, ist überraschend. Wenn ich als halbwegs aufgeklärter Westmensch eine solche Nichtausreise-Meldung in der Presse lese, dann bekomme ich einen gehobenen politischen Zorn. Ich kenne keinen, der nicht denkt: die sind doch wieder mal verrückt da drüben! Schreiben tut man's dann etwas höflicher, wenn man darüber zu berichten hat. Auch weil man Angst hat, wieder mal, die Argumente der Reaktionäre zu füttern. In der subpolitischen Bewußtseinsschicht bilden sich indessen schöne Märchenträume: als Ritter durch die Grenze bre-

chen, Honecker drohend anfunkeln, die Festgehaltene hinten drauf gelupft aufs Pferd oder Motorrad, und zurück in den freien Westen gebraust. – Sie würden wohl zetern, wenn ich Sie so entführte?
Die so unsäglich erschwerte Ausreiserei ist wirklich eine abscheuliche Krankheit. Sie ist so abscheulich, daß ich mich zwingen muß, davon zu sprechen. Es ist so ein unwürdiger Makel, auf den man nicht ständig verweisen will, ein Geschwür, so häßlich, und man fragt sich nur still, warum wird das nicht wegoperiert? Daß Sie diesen Ihren Makel so beherzt und lässig ansprechen, ist für mich ebenso irritierend wie erleichternd. Wir verkrampfen uns hier vor Zorn und Mitleid und halten das für seelische Folter, und Sie schreiben das so hin wie hier jemand, dem die Firma den dritten Antrag auf Teilzeitbeschäftigung ablehnt. Ist Ihre Gefaßtheit übertrieben oder unser Mitleid?
Daß ein einziges Exemplar eines verbotenen Buches bei Ihnen hundert Leser finden kann, ist tatsächlich eine gewisse Entschädigung fürs Nichtgedrucktwerden. Ich weiß von Westautoren, die diese hier so fremde Tatsache des Buchs als Gegenstand wirklicher Begierde mit dem Gedanken spielen läßt, die DDR sei womöglich die bessere Hälfte. Hier werden von dreitausend auf dem Markt befindlichen Exemplaren eines Romans vielleicht zwanzig Prozent gelesen. Mancher Autor ist dann gelegentlich verzweifelt genug, sich den obskuren Schritt nach drüben zumindest für Minuten auszumalen. –

Viele Grüße, Ihr Joseph Westphalen

Berlin-Pankow,
den 7. August 1987

Lieber Joseph von Westphalen,
da gebe ich mir alle Mühe, Ihnen etwas besonders Freundliches zu schreiben, und Sie behaupten, ich wollte Sie zu einem typischen Westmenschen machen. Eben nicht, und das hätten Sie, soviel ich nach der Lektüre Ihrer Werke über Sie weiß, auch wirklich nicht verdient. Also noch einmal: Ihnen schreibe ich gern; auf die stereotypen Fragen der sogenannten Westmenschen hingegen antworte ich oft nur noch mit freundlichem Zähneknirschen. Ist es jetzt gut?

Ihr Brief erreicht mich in mildester Stimmung, weit entfernt von der westöstlichen Grenze, dafür sehr nahe an der ostöstlichen und ebenso undurchlässigen. Wenn ich abends vors Haus trete, sehe ich einen Heiligenschein über Szczecin, so flach ist die Landschaft und so nah die Stadt. In einer halben Stunde könnte man am Stettiner Marktplatz Kaffee trinken, wenn man dürfte. Sie sehen, dem Thema Grenze entkomme ich nie, selbst wenn ich mich hierher ins Vorpommersche flüchte, wo wir vor ein paar Jahren ein altes Bauernhaus erstanden haben. Und damit Sie mich nicht für Krösus halten, sage ich Ihnen, daß so ein Haus etwas über dreitausend Mark kostet.

Ich unterdrücke meine Lust, Ihnen den melancholischen Reiz dieser kargen norddeutschen Landschaft zu preisen, Ihnen etwas von der beunruhigenden Stille zu schreiben, die mir manchmal, besonders in der Nacht, suggeriert, ich schwebte als verlorengegangener Kosmonaut einsam durch das Weltall.

Das wollte ich Ihnen nämlich gar nicht mehr schreiben, weil wir alle, die wir uns hier auf die Dörfer zurückgezogen haben, das gleiche erleben und das gleiche darüber erzählen. Daß es eine überzeugte Städterin wie mich, deren Beziehung zur Na-

tur sich am ehesten als hilflos bezeichnen ließe, je aufs Land verschlagen konnte, verwundert mich selbst. Aber wenn ich den Wolken zusehe oder in den Regen starre, wie er, kilometerweit sichtbar, aus dem Himmel in die Erde fällt, beruhigt mich der Gedanke, daß die Elemente walten, ohne daß irgendeine Staats- oder andere Macht sie dazu veranlaßt hat. Und dann hoffe ich mit aller Kraft, daß es den Menschen nie gelingen wird, das Wetter zu machen, und den Gedanken, daß sie es längst machen, weil man ja weiß, was solche Wolken und dieser Regen von Menschen Gemachtes so transportieren, diesen Gedanken denke ich in solchen Augenblicken nur ganz leise.
Es bleibt ein Trost, daß auf dem Land das Wetter zwingender ist als die Obrigkeit, die sich, wie der kluge König bei Saint-Exupéry, dem Unabänderlichen auch fügt und nur beschließt, was ohnehin zu geschehen hat. Da kann es vorkommen, daß man am Abend die TV-Nachrichten anstellt – Ostnachrichten, weil die Westprogramme hier nur mit fünfzehn Meter hohen, abenteuerlich konstruierten Antennen zu empfangen sind – und in der Spitzenmeldung ein Genossenschaftsbauer beteuert, seine Genossenschaft hätte gestern mit der Bestellung der Felder begonnen, weil der soundsovielte Parteitag es so vorschreibe, und heute mit der Ernte, oder so ähnlich.
Ich gebe Ihnen in allem recht, was Sie über Ihr landeseigenes Fernsehen sagen, nur in einem nicht: Die »Aktuelle Kamera« ist unerreichbar. Dabei kann ich mir noch vorstellen, warum ein Nachrichtenredakteur eine so absurde Nachricht produziert; auch, daß gewisse Instanzen sie zum Beweis ihrer Allmacht verbreitet wissen wollen; nie begreifen werde ich, was einen Mann, dessen Vorfahren vermutlich seit eh und je im Märzen die Rößlein einspannten und das Korn ernteten, wenn es reif war, veranlassen kann, diesen Unfug öffentlich zu verkünden.
Ich wollte Ihnen heute einen ganz anderen, weniger politischen Brief schreiben. Es gelingt mir nicht, obwohl ich mich hier, in unserem Nest mit insgesamt vierzehn Häusern, dem

tagespolitischen Wirrwarr am ehesten entziehen kann und versuche, den Ereignissen, in die ich mich oft über Gebühr verstricken lasse, nachträglich die ihnen zustehende Wertigkeit zu geben und die zuweilen bröckelnde Gefaßtheit, nach der Sie mich so mißtrauisch befragen, zu restaurieren.

Ob meine Gefaßtheit übertrieben ist, fragen Sie. Ich sage mir, daß die Behörde, ob sie will oder nicht, mir in jedem Fall Gutes tut. Läßt sie mich reisen, freue ich mich, kann in öffentlichen Lesungen um Gunst der Leser buhlen, treffe Kollegen und sehe die Welt. Läßt sie mich nicht, zwingt sie mich, die ich zur Faulheit neige, zu kontinuierlicher Arbeit, so daß ich zum höheren Ruhme meines Landes ein neues Buch schreiben kann, das der gleichen Behörde um so schneller zur Begutachtung (die bisher immer als Mißachtung ausfiel) vorliegt, je seltener sie mich reisen läßt. Dann, hoffe ich, stöhnt die Behörde und klagt: Hätten wir sie doch reisen lassen, dann müßten wir jetzt nicht ihr Buch ablehnen. So lebt sie. Und Sie wollen mit mir Mitleid haben? Bedauern Sie die Behörde.

So denke ich, wenn ich gefaßt bin. Manchmal aber bin ich ganz ungefaßt, fassungslos und muß mich erst fassen und versuche, es zu fassen: daß es Menschen gibt, die, geboren wie ich und alle anderen, von sich glauben, sie hätten das Recht, den übrigen vorzuschreiben, was sie zu lesen, zu denken, zu sagen, zu schreiben und auch, ob und wohin sie zu reisen haben. Und sie glauben so tief an ihr Recht, daß sie nicht begreifen können, warum ich es für mein Recht halte, das ihre nicht zu akzeptieren.

Aus dem *Neuen Deutschland* erfuhr ich kürzlich, daß Herr Honecker, wenn er endlich in die Bundesrepublik reisen darf (sehen Sie, er kann auch nicht reisen, wann er will), womöglich auch nach München kommt. Statt meiner haben Sie dann ihn.

Herzliche Grüße, Ihre Monika Maron

München, den 14. August 1987

Liebe Monika Maron,
Post kriegen – das heißt Kuverts ungeduldig aufreißen, Zeilen in Hochgeschwindigkeit überfliegen, dabei ganz vergessen, was für ein gespannt-lächelndes Gesicht man macht, dann zur Schreibmaschine springen, einen angefangenen Bogen mit einem Plädoyer für die Ironie im Umweltschutz verächtlich von der Walze ziehen, neues Papier einspannen, konzentriert zum Fenster herausdösen, die eigene Dreistigkeit auskosten, mit der man versprochene Einkäufe unterläßt, Termine platzen läßt, unpünktlich andere zugesagte Arbeiten abgeben wird. Postwendend antworten – das heißt alles stehen- und liegenlassen, die Kinder zetern und den im Gärtchen herumhoppelnden Kinderhasen die Stiefmütterchen abfressen lassen, den ganzen geschäftlichen journalistischen Alltagskrempel sausen lassen, gedenksekundenlang die Leute bedauern, die keine Briefe mehr schreiben, und dann loslegen: und das, obwohl es nicht einmal Liebesbriefe sind, die wir uns schreiben.
Gepriesen sei also natürlich nicht das alberne Schicksal (mit dem es hier eine immer mehr zunehmende Spiritualistengemeinde zunehmend hat – da möchte ich mich später mal gesondert drüber auslassen, heute bin ich nicht verärgert genug), sondern der gute alte, knallharte, materialistische Zufall (an den hier wirklich bald kein Mensch mehr glauben will), der mir Sie als Brieffreundin zuführte. Wenn Sie von meinen Zeilen nur halb so angeregt werden wie ich von Ihnen, dann müßte unser Paarlauf erfreulich werden. Und was ich anfangs nicht gedacht hätte: das Tolle dran ist das Private. Es ist mir piepegal, daß wir Zuschauer haben; wenn ich über Ihre Füße stolpern sollte, dann fühle ich mich nur Ihnen gegenüber verantwortlich.
Beim Briefeschreiben übers Briefeschreiben zu schreiben, ist

ein bißchen überzüchtet – oder auch nicht, ich weiß nicht, ich bin befangen. Denn vor Jahren habe ich mal eine lachhafte Doktorarbeit über ein ähnliches Thema geschrieben: über den seltsamen Drang der Schriftsteller, Bücher über die Schwierigkeit des Bücherschreibens zu schreiben.

Aha, Sie haben ein Haus auf dem Land! Ich erspare mir den milden Spott, gepaart mit Neid, der jetzt angebracht wäre, wenn Sie zur BRD-Schickeria gehörten; denn das Bauernhaus ist mittlerweile für den Städter ebenso Bedürfnis wie Mode. An sich ist es ja schön, wenn ein Bedürfnis Mode wird. – In den Augen rechter DDR-Verächter sind Sie mit diesem Besitz natürlich eine Privilegierte. Ich hasse diese Blödmänner, die immer auf Privilegierte schimpfen. Das Ergattern von Privilegien ist doch ein Bestandteil des normalen Selbsterhaltungstriebs, das kann man doch nicht wegwünschen und verteufeln, da kommt doch gar nichts dabei heraus; vielmehr muß man mit eigenen erworbenen Vorrechten taktvoll umgehen, mal charmant und, wenn es sein muß, auch mal arrogant. Und vor allem dürfen einen die eigenen Privilegien nicht daran hindern, über die Privilegien derer zu schimpfen, die wir nicht mögen. Gleich nach diesem Brief werde ich ein entsprechend paradoxes Plädoyer für das Privileg verzapfen.

Ansonsten sind die Landgefühle der Städter, wie Sie schon schreiben, wohl ziemlich systemübergreifend. Ich selbst habe eine Art Haßliebe zum/auf das (wie sagt man?) Landleben. Wir, das heißt meine Frau, meine zwei hüpfenden Kinder und ich, hatten vor zwei Jahren in Tirol ein Bauernhaus gemietet. Frösche, Kühe, Gänse, Bächlein – alles wunderbar. Aber ich hatte dauernd das Gefühl, das ländliche Wohlleben mache mich dumpf und einfallslos. Ich wurde immer ganz kindisch verträumt und erinnerungsselig, aber eine diffuse Sehnsucht machte mich immer auch irgendwie nervös, wenn ich an der sonnigen Holzwand hockte, Holz roch und den Brunnen plätschern hörte. Dieses hübsche Plätschern wusch mir meinen ganzen Zorn und meine Animositäten aus dem Kopf heraus. Es würde mir nichts mehr einfallen! Ich hatte Angst, ein glücklicher Depp zu werden. Für meinen Beruf als Schreiber-

ling erwies sich die Ruhe, die Telefonlosigkeit, das frühe Zubettgehen als lähmend.
Aber ich sitze gern in der Stadt und schaue mir Bilder vom Land an. Auf stinknormalen Fotos kann ich gewissermaßen spazierengehen, und es fällt mir was ein dabei. Es ist eine Macke, aber auch eine Arbeitsmethode. Soll ich Ihnen sagen, worunter ich am vergangenen Wochenende richtig gelitten habe: Meine Frau hatte versehentlich eine Zeitschrift auf den Müll geworfen, worin eine kleine Reproduktion eines mittelmäßigen Landschaftsgemäldes aus dem 19. Jahrhundert war. Ich hatte es mir ausschneiden und aufheben wollen, denn es erinnerte mich an ein vergangenes angenehmes Gefühl. Ich habe es stundenlang vergeblich gesucht. Was für ein Luxusleiden! Statt dessen fand ich im Altpapier den Auktionskatalog einer Autographenhandlung, wo der äußere Zustand von Schriftstellerbriefen genauestens verzeichnet ist: Thomas Mann an Frau Sowieso, den Vorwurf des Antisemitismus in seinem Roman »Joseph und seine Brüder« betreffend: »2¾ Seiten, eigenhändig mit Unterschrift, an 3 Kanten umgelegt; 1. Seite leicht gebräunt; oben 2 cm eingerissen; 2. Seite kleine Stockflecken; 3. Seite mit einigen Knickfalten, etwas fingerfleckig.« Das Ganze wird für 600 Mark zur Versteigerung angeboten. Da fehlt's bei uns beiden wohl noch!
Sie wollten in Ihrem letzten Brief nicht politisch werden und wurden es, und zwar sehr packend; ich wollte politisch werden und habe mich privatistisch verschwatzt. Dafür werde ich dann das nächste Mal vor lauter Politischwerden nicht mehr zu halten sein. Oder vielleicht doch.

Liebe Grüße, Ihr Joseph Westphalen

Berlin-Pankow,
den 21. August 1987

Lieber Joseph von Westphalen,
das ist, hoffe ich, der letzte Brief, den ich an Sie schreibe, ohne Sie gesehen zu haben. Wenn das Ministerium für Kultur es bewerkstelligen kann, mir den Paß morgen bis zehn Uhr dreißig auszuhändigen; wenn ich auf dem Weg in die Schweizer Botschaft keinen Unfall mache und kein Rad verliere; wenn ich es also schaffe, bis elf Uhr dreißig (so lange arbeiten die Eidgenossen morgen nur) an der Pforte der Botschaft zu klingeln, dann kann ich mir das Visum in den Paß stempeln lassen und mich auf den Weg in die Schweiz machen, über München, wo Sie mich hoffentlich schon sehr aufgeregt erwarten. Ich jedenfalls bin ungeheuer gespannt auf Sie. Ich denke, daß Sie blond, dünn und eher groß als klein sind, stimmt das? Na, ich werde ja sehen. Ihre Enttäuschung ahne ich schon, weil die Fotos von mir alle viel schöner sind als ich. Ich kenne den Effekt von den Lesungen, wenn die Besucher mit befremdlichen Blicken mich mit meinem Abbild auf den Plakaten vergleichen. Das habe ich von meiner Eitelkeit, schließlich suche ich die Fotos aus.
Meinen Landaufenthalt habe ich nach drei Wochen disziplinierten Ausharrens abgebrochen, nachdem ich an den letzten Tagen nur noch damit beschäftigt war, so viel Ruhe und Natur zu ertragen. Es stimmt, das Landleben glättet alle Gemütsbewegungen, und wie soll man mit einem so beschwichtigten Seelenleben schreiben. Überhaupt erscheint mir das Bücherschreiben als das unsinnigste Unterfangen der Welt, wenn ich wie die Hühner und Schafe zwischen Himmel und Erde herumlaufe und mir angesichts der selbstgepflanzten Bäume immerzu bewußt ist, daß ich längst tot bin, wenn die endlich groß sind.
Natürlich bin ich privilegiert. Ich habe keinen Chef; das ist

für mich das Unvorstellbarste geworden: einen Chef zu haben; ich muß nicht, wie die meisten Menschen, jeden Morgen um sechs Uhr aufstehen; ich muß nur arbeiten, was mir auch Spaß macht, und ich darf – hin und wieder eben doch – das Land in westlicher Richtung verlassen. Ich würde sehr ungern auf irgend etwas davon verzichten, aber ich wünschte, das wären keine Privilegien, sondern selbstverständliche Rechte aller anderen auch. Wegen des ländlichen Anwesens bin ich wohl am wenigsten privilegiert. Ich wohne in einem Mietshaus mit acht Parteien, sechs davon fahren an den Wochenenden aufs Land. Das ist keine repräsentative Zahl, aber ein Grundstück mit Laube, Bungalow oder Haus haben viele. Schon darum ist es unsinnig, in der Stadt zu bleiben, weil an den Wochenenden ohnehin niemand in ihr drin ist.
Ich muß unterbrechen, weil die Beschaffung des Passes nun doch, wie immer, meine ganze Nervenkraft und auch Zeit beansprucht. Ich schaffe es nicht, diesen Brief in der gebotenen Konzentration zum Ende zu bringen. Nehmen Sie mit einem Stückchen von einem Brief vorlieb, den ich bereits am 1. Mai an Sie geschrieben und dann doch nicht abgeschickt hatte? Sie müssen.
Ich habe Sie in Gedanken mitgenommen an die Ecke, wo in einer Grünanlage Bänke stehen. Von dort aus werden wir, das heißt ich für uns beide, einen Blick auf das feiertägliche Straßenbild werfen. Es ist jetzt halb zehn am Morgen, die Straßen sind fast leer. Wer zur Demonstration gegangen ist, hat vermutlich schon früher das Haus verlassen, die übrigen schlafen noch oder sind weggefahren, wirklich, ich bin hier fast allein. Aus dem Garten des gegenüberliegenden Kreiskulturhauses, wo am Nachmittag und Abend ein Volksfest stattfinden wird, brüllt der Lautsprecher jetzt schon Schlager, am Taxihalteplatz wartet tatsächlich ein Taxi auf Kunden, eine Mitteilung, deren Wert Sie vermutlich nicht ermessen können, weil Sie nicht wissen, daß sonst fast immer Kunden auf ein Taxi warten. Auch die Bänke in der Grünanlage (ein blödes Wort) sind heute leer, was an Wochenenden so selten vorkommt wie ein wartendes Taxi, denn eine Minute von hier befindet sich die

Pankower Spätverkaufsstelle (auch ein blödes Wort), die abends bis zehn und auch an den Wochenenden geöffnet und somit der Treffpunkt der Pankower Spritis ist. Wenn sie ihren blauen Würger (der billigste Schnaps mit blauem Etikett) erstanden haben, verkriechen sie sich hierher in den Schatten der Sträucher und stillen in öffentlicher Heimlichkeit ihren ersten Durst. Ein einsamer Trinker wollte einmal den steinernen Bären, der auf einem Sockel inmitten der Stiefmütterchen die Kunst verkörpert, zu seinem Saufkumpan machen. Er umarmte und streichelte ihn, setzte ihm die Flasche an die Steinschnauze und versuchte, den Bären zu überreden: nun trink schon, trink doch endlich. Aber am 1. Mai hat die Spätverkaufsstelle geschlossen, wer Schnaps braucht, muß zum Kiosk an der S-Bahn gehen. An der vorderen Ecke der Rasenfläche steht ein zwei Meter hoher Pappwürfel, auf dem vierfach für Berlin, die siebenhundertfünfzigjährige Stadt des Friedens, geworben wird. An den Straßenlaternen hat man in der ganzen Stadt Fahnen aufgehängt, schwarz-rot-goldene und Berliner. Ich muß zugeben: von dem Ausflug ins Freie hatte ich mir mehr versprochen. Am Nachmittag wäre sicher mehr zu sehen. Vom Kampf- und Feiertag der Arbeiterklasse ist eben nur der Feiertag geblieben, zu erkämpfen gibt es scheinbar nichts mehr, höchstens den Frieden, und für den kämpft ja heute angeblich jeder, Reagan, Gorbatschow, Honecker, Kohl, Thatcher, Strauß, alle kämpfen für den Frieden, selbst die Kriege werden ja für den Frieden geführt.
Entschuldigen Sie bitte die Stoppelei, für den nächsten Brief versichere ich Sie wieder meiner ungeteilten Aufmerksamkeit.

Herzlich, Ihre Monika Maron

P. S.: Finden Sie die Überschriften, die uns die Redaktion verpaßt – »Statt meiner kommt Honecker« – so unpassend wie ich?

München, den 28. August 1987

Liebe Monika Maron,
daß wir uns nun plötzlich ohne allzu große Kopfstände Ihrerseits auf westlichem Boden ganz gemütlich treffen konnten, macht unseren Fall weltpolitisch gesehen haarsträubend undramatisch. Keine Bittschriften an hohe Politiker, keine Interventionen einflußreicher Eminenzen, keine zitternd am Schicksal von uns zwei Literaten hängende Öffentlichkeit, keine Angebote irgendwelcher Schmutzzeitungen, die für unsere rührende Exklusiv-Story Hunderttausende bezahlen wollen.

Statt dessen sind wir uns ebenso legal wie unbemerkt begegnet, mit nichts als jener völlig privaten Grummelspannung im Bauch, wie sie ähnlich wohl alle die verspüren, die über eine Annonce einen Partner aufgetan haben, dem sie nun nach einem kurzen Briefaustausch das erste Mal leibhaftig begegnen werden.

Nein, unser Treffen war eigentlich noch bedeutungsloser, weil ja nicht die Hoffnung auf künftiges gemeinsames Lebensglück damit verbunden war. Haben wir uns nur interessiert beschnuppert, ob wir es auch wert sind, einander weiterhin Briefe zukommen zu lassen? Nein, das kann nicht wahr sein, wir haben doch wohl gewußt, wie wir sind, nämlich halbwegs erträglich, oder nicht?

Vielleicht geht es Ihnen nicht so. Aber ich maße mir tatsächlich die Behauptung an, daß mir jemand, dessen Briefe mir sympathisch sind, nicht unsympathisch sein kann. Ich glaube, daß man Autoren, deren Bücher man toll findet, gräßlich finden kann, wie auch umgekehrt. Aber angenehme Briefe kann ich mir nicht von jemand Unangenehmen geschrieben vorstellen. Demzufolge konnte der Reinfall trotz Ihres schönen Fotos, dem sie standhalten mußten, so groß nicht werden. – Wirklich problematisch wird die Sache erst, nehme ich an, wenn man auf Grund einer selbstverschuldeten Schokoladenschlecksucht drei Zentner wiegt. Was dann? Soll man eine Andeutung geben: Holen Sie mich bitte nicht mit Ihrem niedlichen kleinen Auto ab. Oder: Nett, daß Sie mir Ihr romantisches Dachzimmer zum Übernachten anbieten, das man nur durch eine Luke erreichen kann, aber ich möchte doch lieber im Hotel schlafen. Oder schreibt man am besten mutig: Erschrecken Sie nicht, wenn Sie mich sehen, meine Bundweite konkurriert mit dem Äquator. Oder wie oder was. Eine Kurzgeschichte gäbe das Problem schon her, wenn nicht gar ein Theaterstück. Was da an Verwicklungen angelegt ist, verheißt eine stürmische Handlung. Dieses Stück schriebe ich lieber als das eines Trinkers.

Diesen erwähne ich, weil Sie in Ihrem letzten Brief liebevoll einige Umtriebe von Ostberliner Grünanlagen-Saufbrüdern schildern. Und dabei fällt mir auf: So gerne ich einen kippe, so sehr mißhagt mir doch der Säufer als Gegenstand der Beschreibung. Das bekommt bestenfalls immer so etwas Boulevardhaftes, das ist so eine irgendwie ranzige Idylle, die mich verlegen und ganz ratlos macht. Im gemeinsamen Torkeln und im albernen Gelalle nach dem nächsten Glas entsteht eine falsche Verbrüderung zwischen den verschiedenen Knechten und gar zwischen Herr und Knecht, die sich auf gräßliche Art einig sind, daß den Weibern nicht zu trauen sei.

Und natürlich kämpfen auch die Säufer für den Frieden, wobei mir der eherne Schlachtruf der Friedensbewegung, man solle Schwerter zu Pflugscharen schmieden, in seiner weniger pathetischen Trinker-Variation besser gefällt: Schwerter zu Bierdosen! – Kommt dieser pfiffige Ausruf womöglich aus der DDR? Ich habe den Verdacht, daß die DDR der BRD an Pfiffigkeit überlegen ist. Den in allen politischen Systemen demütigenden Umgang mit den Behörden absolvieren Sie irgendwie trickreicher und schwejkhafter; die stärkere Gängelung produziert offenbar raffinierte Formen der Frechheit gegen die Obrigkeit.

Wir können ja vielleicht mal ein Ost-West-Karten- oder Würfelspiel erfinden und auf den gesamtdeutschen Spielwa-

renmarkt schleudern; so etwas Lehrreiches für die ganze Familie, wo man die Vor- und Nachteile unserer verschiedenen Republiken wechselseitig nach einem Punktsystem austauschen kann: Weststreß gegen östlichen Visumszwang, DDR-Billigmieten gegen BRD-Mercedes, Informationshunger gegen Informationsverstopfung.
Im Umgang mit staatlich verordneten Feiertagen dürften Sie, das entnehme ich Ihrem jüngsten Brief, den BRD-Standard erreicht haben: Ausschlafen und andere jubeln lassen. Nicht unvernünftig ist das. Das winkende Volk kann einem doch nicht geheuer sein. Egal, ob die Leute dem Russenboß, dem Amiboß oder dem Papst zuwinken, es bleibt eine unheimliche und unnatürliche Aktivität. Was sind das für Menschen, die immer und überall begeistert die Straßen säumen? Wer bezahlt die dafür? Die können doch unmöglich alle freiwillig da herumstehen.
Jetzt, da wir uns getroffen haben, fällt es mir richtig schwer, Sie gedanklich wieder im anderen Teil Deutschlands anzusiedeln. Um unserem Dialog wieder seine ursprüngliche ost-westliche Perspektive zu geben und nicht länger in ein globales Gemecker über Saufbrüder und Politjubler zu verfallen, zwinge ich mich jetzt zu der längst angebrachten Westfrage an die Ostfreundin: Sag', wie hältst Du's mit dem neuen Kurs? – Diese aktuellste der politischen Stammtischfragen sollten wir an unseren literarischen Schreibtischen nicht mit falscher Noblesse umgehen. Ich hoffe, es nervt Sie nicht all zu sehr, mir zu verraten, was Sie an Skepsis und Hoffnung in das hübsche Wort Glasnost legen, das man bei uns mit einer Andacht im Mund führt, als sei ein Wundermittel gegen Krebs gefunden.

Viele Grüße, Ihr Joseph Westphalen

Berlin-Pankow,
den 4. September 1987

Lieber Joseph von Westphalen,
ich muß schon sagen, daß mich Ihr letzter Brief sehr verwundert. Das Erfreulichste an ihm war, daß er mich, wie verabredet und zu meinem großen Vergnügen, in Zürich erreichte, weil ich es wunderbar finde, in fremden Städten Post zu bekommen. Daß Sie, nur weil ich eine mehrfach geplante Reise in die Schweiz endlich antreten durfte, schon Schwierigkeiten haben, mich im anderen Teil Deutschlands anzusiedeln; daß dieser Umstand allein Sie schon zu der Behauptung hinreißt, unser Treffen hätte ganz gemütlich und ohne Kopfstände meinerseits stattfinden können, läßt mich argwöhnen, daß Ihr Bild von der DDR und dem Leben darin einige Differenzierung verträgt. Gemessen an meinem Ärger drücke ich mich sehr höflich aus. Ich habe den Eindruck, es wäre Ihnen fast lieber gewesen, ich hätte hinter meiner Mauer sitzen bleiben müssen, um Ihnen die mühsam gebastelte Dramatik unserer Korrespondenz nicht zu stören. Vielleicht sind Ihre Bemerkungen auch nur leichtfertig dahingeschrieben, ärgerlich finde ich sie trotzdem, zumal ich eigentlich durch unsere Begegnung wenig verändert fand. Sie sehen sogar so ähnlich aus, wie ich dachte. Auf die Idee, unser Treffen könnte außer für uns und unseren Briefwechsel von Bedeutung sein, bin ich nicht gekommen. Es ist mir aber angenehmer zu wissen, an wen ich schreibe, wenn ich schon keine genaue Vorstellung von den *Zeit*-Lesern und sonstigen Mitlesern habe. Mein Unmut reichte für drei Seiten, ich breche hier ab, weil es langweilig ist, ständig über die Reisequerelen und das Briefeschreiben zu schreiben.
Der Slogan »Schwerter zu Bierdosen« kann nicht aus der DDR stammen, weil es in der DDR kein Dosenbier gibt. – Und woraus schließen Sie, daß man in der DDR pfiffiger im

Umgang mit den Behörden ist; und wäre denn solche Pfiffigkeit, vorausgesetzt es gäbe sie, etwas Gutes? Ich kann Ihre Frage ohnehin nicht beantworten, weil ich den Pfiffigkeitsgrad der Bundesbürger im Umgang mit ihren Behörden nicht kenne. Aber die Gründung von Bürgerinitiativen oder einer grünen Partei, eine organisierte Frauenbewegung mit eigenen Publikationsmöglichkeiten läßt sich durch keine Pfiffigkeit ausgleichen und zwingt der Obrigkeit andere Reaktionen ab als die gewitzteste Beschaffung eines persönlichen Vorteils. Ich glaube, mit derlei Gegenüberstellungen und mit Vergleichen von DDR-Billigmieten und West-Mercedes etc. sitzt man eben den Klischees auf, die dann schnell zu dem Fernsehmoderatorenlieblingsthema von den zwei deutschen Sprachen führen. Dabei höre ich das Wort »Datscha« von niemandem so oft wie von Westmenschen, die es triumphierend als Beweis für die Russizismen in der DDR-Sprache präsentieren. Die meisten Leute hier sprechen von ihrem Garten, ihrem Grundstück, der Laube, dem Bungalow, von allem möglichen, die wenigsten benutzen das Wort Datscha, ich kenne keinen. Die Sprache wird bei uns ebenso durch die Computertechnologie und durch die Rockkultur geprägt wie überall, folglich wird sie von Anglizismen überflutet wie überall. – Ich glaube, die Sucht, die psychische Verschiedenartigkeit in Ost und West als endgültiges Ergebnis einer politisch-biologischen Mutation anzusehen, wurzelt eher im Westen als im Osten, was wohl an der Tendenz der menschlichen Phantasie liegt, auf die Erfüllung der Wünsche zu drängen, statt den Verlust des schon Erworbenen zu simulieren. Die wenigsten Autobesitzer können sich vorstellen, wie sie ohne Auto gelebt haben; aber wer kein Auto hat, weiß genau, wie er mit Auto leben würde. Ich wähle ein so banales Beispiel, um nicht gleich wieder zu unzulässigen Vergleichen zu animieren. Wunschträume produzieren die Menschen freiwillig; Angstträume, wenn sie sich bedroht fühlen. Da die DDR für Bundesbürger kaum ein Objekt der Begierde sein kann, andererseits auch keine Bedrohung darstellt, wird sich das Maß an Phantasie, das sie ihr entgegenbringen, in Grenzen halten.

Während meiner Heimfahrt habe ich den Zugwechsel in München genutzt, um mich mit meiner Freundin zu treffen. Wir aßen in einem kleinen italienischen Restaurant. Am Nebentisch saßen drei Herren, unter ihnen der Scheibenwischerkabarettist Gerhard Polt. Die Herren unterhielten sich in bühnenwirksamer Lautstärke, so daß wir zuhören mußten, ob wir wollten oder nicht. Und da hörten wir aus dem Mund des Herrn Polt, der offenbar gerade eine Szene aus einem zu produzierenden Fernsehspiel erläuterte, daß der ungarische Kellner in Siófok, wenn er einen DDRler sieht, gleich erkennt, egal was für Westklamotten der DDRler anhat, daß der DDRler ist. Der bewegt sich anders, der sitzt anders, das sind zwei Menschen, Westler und DDRler. Mein DDRlertum identifizierte er nicht, sonst hätte er vermutlich leiser gesprochen, was aber nur beweist, daß Polt kein Kellner in Siófok ist. – Ich kenne ein Ehepaar, das von der Westverwandtschaft zu einer Gruppenreise nach Ungarn eingeladen wurde. Diese beiden saßen nun zwischen den Westdeutschen und konnten unter ihrer Devisentarnkappe zusehen, wie man sie behandelt hätte, wären sie mit einer Reisegruppe aus der DDR angereist. Durstig hätten sie den Neckermannreisenden beim Trinken zugesehen und hungrig beim Essen, und erst als diese sich schon behaglich die Münder wischten, wären auch sie an der Reihe gewesen. Wie Menschen zweiter Klasse, kannst du mir glauben, erzählte mir der, der es erlebt hatte. Ob sich Herr Polt, der Westler, unter solchen Umständen nicht auch anders bewegt und auch anders dagesessen hätte; und ob der Kellner aus Siófok den DDRler noch erkennt, wenn der tausend Westmark in der Tasche hat. – Zu Gorbatschow beim nächstenmal. Was denken Sie überhaupt darüber?

Mit lieben Grüßen, Ihre Monika Maron

München, den 11. September 1987

Liebe Monika Maron,
daß mein letzter Brief Sie so sehr verärgert, hat mich überrascht. Ich gebe zu, das war kein Glanzstück, die Ironie war mühsam, mit der ich uns als zwei Königskinder stilisierte, die sich nicht sehen können und also schreiben müssen. Ein etwas frozzelhaftes Spiel mit Klischees, meinetwegen, und ich kann verstehen, wenn dieser Ton nervt, und hätte brav geschluckt, wenn Sie geschrieben hätten, ich solle nicht mehr so geziert herumtändeln, Sie seien ja schließlich keine überpuderte Rokokodame.
Aber Ihr Unmut sitzt tiefer. Und ich lerne daraus, was ich durch den munteren Ton unserer Briefe ganz vergessen hatte: daß Ihre Lage ernster ist als meine, und daß Sie verständlicherweise sauer werden, wenn Sie das Gefühl haben, daß man auf Kosten Ihrer Lage Späßchen macht (die Sie sich selbst natürlich durchaus gönnen!).
Ihre Verärgerung erinnert mich an meine, wenn ich in ernsthafte politische Staatsbürgerwut gerate, weil ich Bilder von Flugzeugträgern und übungshalber startenden Jagdbombern sehe oder Statements von unserem Zimmermann-Minister lese, der Chilenen kein Asyl geben will. Darüber kann ich mich maßlos erregen, und es macht mich doppelt wütend, wenn mir dann irgendwer wohlmeinend die Schulter tätschelt wie einem Hysteriker und mir zu verstehen gibt, daß man den ganzen Politunsinn doch nicht mehr ernst nehmen könne. Das ist eben die verfluchte Anything-goes-Philosophie der Westwelt, die relaxede Haltung der von Postmoderne schwafelnden Yuppies: Laß doch, laß doch, alles halb so wild.
Doch nochmal zurück zu Ihrem Unmut, der dann durch ein zufällig mit angehörtes Gespräch von Gerhard Polt in einem Münchner Lokal (als Münchner begegnet man dem Polt nie zufällig!) neue Nahrung erfuhr, als es um die Erkennbarkeit

von sogenannten (!) DDRlern ging. Ich kenne den Polt ein bißchen, unsere Bücher erscheinen im selben Verlag, und ich kann versichern, daß es weder hämisch noch mitleidig gemeint ist, wenn Polt Vorurteile über DDRler kolportiert. Es ist eine Arbeitsmethode von ihm, sich in Volksvorurteile hineinzuwühlen, um sie besser wiederzugeben. Deshalb klingt es ja so echt und so erschreckend. Und deshalb ist es ja so komisch. Und deshalb waren Sie verletzt. Sie mußten das Gefühl haben, daß man sich hier über Ihre Landsleute lustig macht.
Ich kann allerdings diesen durchgespielten Vorurteilen einiges abgewinnen. Das ist doch ein Stilmittel von Kabarett und Satire. Meine Empfindlichkeitsgrenze liegt etwas weiter weg. Ich kann es nicht ertragen, wenn jemand einen Antisemiten nachmacht. Nach dem, was wir angerichtet haben, ist für meinen Geschmack der Antisemitismus für die Satire tabu. Ich kann es nicht einmal ertragen, wenn scheinbar harmlos das jüdische Aussehen irgendwelcher jüdischer oder nichtjüdischer Menschen naseweis diagnostiziert wird. Wenn aber wer behauptet, jemand sähe aus wie ein milchiger Ami oder ein wässriger Engländer oder ein satt glänzender Westdeutscher oder wie ein DDRler in Westklamotten, dann finde ich das allenfalls unpassend, gelegentlich sogar passend, nicht aber verheerend.
Die Glasnost-Frage geben Sie mir zurück, zu Recht, denn warum sollen Sie mit dem Thema anfangen. Lieber Himmel, diese weltpolitischen Erwägungen fallen mir schwer, aber ich will eine halbwegs ehrliche Kurzantwort versuchen: Ungeachtet der finsteren historischen Tatsachen, der immer wieder gestoppten Tauwetterperioden, des abgewürgten Prager Frühlings, des kaltgestellten Lech Walesa, der angeblich immer wieder ihre eigenen Kinder fressenden Revolutionen und des am eigenen Leib erfahrenen unrühmlichen Endes der 68er-Bewegung nebst der verkümmerten antiautoritären Ideale, bin ich als beobachtender Winzling der Weltlage doch bemüht, die von Gorbatschow geweckte Hoffnung nicht gleich von der Skepsis auffressen zu lassen, auch wenn wir

mittels Fernsehsatellit sogar den Moskauer Bürger von der Straße ins Wohnzimmer gespielt kriegen, der deutlich schimpft und zu bedenken gibt, daß in der Sowjetunion mehr geredet als getan werde. Immerhin wird geredet.
Manchmal muß ich mich bemühen, meiner generellen Skepsis den Politikern gegenüber nicht untreu zu werden und den Gorbatschow nicht richtig nett zu finden. Immerhin sieht der so aus, als würde man sich zu ihm setzen können, wenn er in einem Zugabteil säße und man suchte einen freien Platz. Ich könnte mir vorstellen, sogar ein paar Sätze mit ihm zu wechseln. Die passable oder schwer erträgliche Ausstrahlung eines Menschen ist zwar kein politisches Argument, spielt aber doch ihre wichtige Rolle, denke ich.
Ich kann nicht erkennen, was Gorbatschow innerhalb des sozialistischen Lagers (auch so ein infames Wort, aber »Ostblock« klingt auch nicht besser) nun wirklich erträglicher macht; das müssen Sie mir schreiben.
Was mich an der Weltpolitik allerdings erbost, ist die Tatsache, daß die simpelsten Statements der Machthaber als große Knüller gehandelt werden. Mehr Klarheit, weniger Waffen – das sind zwei Notwendigkeiten, die einigen hundert Millionen Menschen auf der Welt schon seit einer ganzen Weile klar sind. Wenn das aus dem Mund eines Mächtigen kommt, dann ist es schon fast friedensnobelpreisverdächtig. Vermutlich ist es die große und selten beherrschte Kunst der Politik, normal zu bleiben, wenn man hochgekommen ist. Es sieht so aus, als habe Gorbatschow das bisher geschafft.

Glasnostgruß, Ihr Joseph Westphalen

Berlin-Pankow,
den 18. September 1987

Lieber Joseph von Westphalen,
da Sie den Herrn Polt kennen, fragen Sie ihn doch bitte in meinem Namen, ob ich an dem besagten Tag nun einem Gespräch oder einer Kabarettprobe beigewohnt habe. Letzteres würde weitere Bemerkungen zu diesem Thema erübrigen, käme mir auch entgegen, da der Kabarettist Polt mir bislang ja sympathisch war; nur findet sich in meiner Erinnerung nicht die Spur eines Eindrucks für solche Erklärungen. Und Ihr Versuch, mir die Sache, ganz im Gegensatz zu Ihrem sonst recht verwegenen Ton, zartfühlend, ja geradezu warmherzig beizubiegen, macht mich mißtrauisch. Sie schreiben, ich sei verletzt gewesen, weil ich das Gefühl hatte, daß man sich über meine Landsleute lustig macht. Ich kenne einige Eigenschaften, für die manche meiner Landsleute es sicher verdient hätten, daß man sich über sie lustig macht. Außerdem ist meine Fähigkeit, in Landsleuten oder Vaterländern zu denken und zu fühlen, wenig ausgeprägt. Wenn sich jemand über meine Landsleute lustig macht, entscheidet vor allem der Anlaß, ob ich mitlache oder nicht. Was mich verärgert hat – viel eher verärgert als verletzt –, war die von mir (zu Recht oder Unrecht) wahrgenommene Bereitschaft, aus der mißlichen Lage des anderen den Beweis für die eigene Überlegenheit zu beziehen, statt über jene Mechanismen zu reflektieren, denen wir alle offenbar so prompt und bedingungslos gehorchen: die ungarischen Kellner, die DDRler und die Westler, die am Ende vielleicht wirklich glauben, ihr eigener Wert hätte etwas zu tun mit dem Börsenwert oder -unwert ihrer jeweiligen Landeswährung.
Daß Sie nun meine Empfindlichkeit aus einer menschlichen gleich wieder in eine staatsbürgerliche verwandeln wollen, daß also jede individuelle Eigenschaft, ob gut oder schlecht, in

die Landesgrenzen der DDR verwiesen wird, macht mich fast mutlos. Glauben Sie, ich hätte eine vergleichbare Bemerkung über Griechen, Frauen, Neger oder Homosexuelle weniger fassungslos angehört? Auf die Idee, ich könnte Sie durch eine boshafte Bemerkung über Ihre Landsleute verletzen, würde ich nie kommen. Warum können Sie den umgekehrten Gedanken so problemlos denken? Ich bin sicher, Sie fühlen sich nicht so bundesdeutsch, wie Sie voraussetzen, daß ich mich ddrisch (es gibt kein entsprechendes Adjektiv) fühle. Wie kommt das? Ich ahne, ein ganz kleiner deutschdeutscher Hund liegt auch unter diesen Fragen begraben.

Nun zum Thema Gorbatschow. Ich will versuchen, mich aller modischen Hoffnungsduselei zu enthalten, was mir nicht immer ganz leichtfällt. Andererseits kenne ich die Verhältnisse in der Sowjetunion zu wenig und stehe, trotz aufrichtigen Bemühens, den Regeln der praktischen Politik ziemlich verständnislos gegenüber, so daß ich mich auf meine Beobachtungen hier, in der DDR, beschränken muß. Und da sehe ich, daß in den Leuten die Lust wächst zu widersprechen, sogar zu widerstehen. Versammlungen werden aus den Fugen der Tagesordnung gebrochen (mancherorts finden darum auch keine mehr statt), das Wort Zivilcourage scheint wieder einen Sinn zu bekommen und ist öfter zu hören; es ist wieder möglich geworden, an Veränderungen zu denken, auch wenn davon bisher kaum etwas zu spüren ist.

Als während der Pfingsttage vor dem Brandenburger Tor Anwesenheit demonstriert wurde – und das durchaus nicht nur durch Rockfans, sondern ebenso durch Leute wie mich –, sah ein Teil der dort Versammelten in der gegenüberliegenden sowjetischen Botschaft einen Verbündeten ihrer Interessen, und das ist in solcher Situation unerhört neu. – Natürlich gibt es auch Leute, und ich vermute, es sind nicht einmal wenige, die nichts mehr fürchten, als daß öffentlich darüber nachgedacht wird, ob und was die starren Strukturen unserer Gesellschaft taugen, denn sie haben es sich in ihnen bequem gemacht und haben auch nichts anderes gelernt, als darin zu funktionieren. Aber für alle, die im Märchen von des Kaisers neuen Kleidern nicht mehr mitspielen wollen, sind Glasnost und Perestroika zu einigenden Worten geworden, sogar unter Kontrahenten, die sich bisher gegenseitig des Dogmatismus' oder des Dissidententums verdächtigt haben; auf Gorbatschow kann man sich einigen. Und eben da setzt meine Skepsis ein, denn letztlich wird wieder jemand entscheiden, wie weit die Kritik gehen darf, wo die Veränderung ein Ende haben muß und wo die Geheimhaltung wieder anfängt. Dann wird es konkret, und dann wird sich zeigen, was jeder unter Glasnost und Perestroika verstanden hat. Aber so weit sind wir noch lange nicht, und bis dahin bleibt es ein Ziel, das uns außer einem Auto und Arbeit für jeden etwas von der Lust verspricht, die Menschen haben, wenn sie ihr Leben frei bestimmen. Nun werde ich doch noch euphorisch und schreibe, wie ich nachts manchmal rede, wenn wir mit Freunden sitzen und ich mir meine täglichen zwei Stunden Hoffnung erlaube. Dann bremsen mich die durch Geschichte und Politik belehrten Männer und geben Fragen zu bedenken, die ich nicht verschweigen will:

Will Gorbatschow überhaupt eine Veränderung in der DDR, direkt an der Grenze zum Westen; oder braucht er gerade bei uns Ruhe, um in seinem eigenen Land Ordnung zu schaffen?

Wie kann er, während er versucht, seine Wirtschaft auf Touren, möglichst auf Hochtouren zu bringen, gleichzeitig die Ökologie bedenken? Kann er sich überhaupt dauerhaft behaupten gegen die Widerstände im eigenen Land, zumal der Westen so bemüht ist, ihn in der Außenpolitik zu demütigen?

Aber auch die so fragen, hoffen, daß es ihm gelingt, und murmeln ihrer stolzen Skepsis hinterher: ... immerhin gibt es ja so was wie Persönlichkeit und Geschichte ...

In diesem Sinne: Gorbi et Orbi!

Ihre Monika Maron

München, den 25. September 1987

Liebe Monika Maron,
nein, ich will den Gerhard Polt *nicht* fragen, ob das von Ihnen belauschte Gespräch über die DDRler echt oder echte Kabarettprobe war. Bitte haben Sie Verständnis, bei dieser Nachbohrerei käme nichts heraus. Lassen wir es doch bei der Tatsache bewenden, daß der sogenannte Nationalcharakter ein beliebtes Sammelbecken für törichte Klischees ist. Und tun Sie mir den Gefallen und erzählen Sie mir, in welcher Form sich Ihre Landsleute über uns Westler mokieren. Das sind Sie mir jetzt schuldig.

Daß ich, wie Sie feinfühlig heraushörten, ausgerechnet dann »geradezu warmherzig« schreibe, wenn ich Ihnen etwas nahebringen will, spricht nicht für mich. Vielleicht beherrsche ich die Kunst des Inschutznehmens nicht. Ist ja auch schwierig. Und endet immer in Vermarktung. Schreibt man nicht kalt einen Verriß, sondern warmherzig eine positive Buchkritik, dann findet man sein Lob wenig später in Verlagsanzeigen zitiert wieder. Und sofort sieht es aus wie Hudelei, es muffelt nach Lobby und Komplott.

Das ging mir jüngst bei einer Besprechung des neuen Buches von Martin Walser so. »Dorle und Wolf« heißt es. Eine deutsch-deutsche Spionagenovelle. Der Held wagt es, unter der Teilung Deutschlands zu leiden, was die Kritik dem Autor verübelte. Würde mich interessieren, was Sie von dem Buch halten. Aber das geht ja wieder nicht. Ich nehme an, Sie sind nicht in der Lage, dieses oder ein beliebiges anderes Druck-Erzeugnis ohne die Gnade der guten Beziehung in einem Buchladen zu bestellen.

Apropos Spionage: Ich würde ja gerne mal eine DDR-Sitzung abhören, wo sich leitende Kulturfunktionäre darüber beraten, welches DDR-Buch denn nun verlegt werden darf und welches nicht und aus welchen Gründen. Die offi-

ziellen Verlautbarungen sind in ihrer unsinnigen Wortkargheit ziemlich unbrauchbar. Vor einiger Zeit habe ich eine kurze Pressemeldung gelesen, wonach Ihre Romane »Flugasche« und »Die Überläuferin« nun auch in der DDR erscheinen dürfen. Ihre päpstlichen Kollegen Stephan Hermlin und Hermann Kant machten dazu die ziemlich unhöfliche, bestenfalls dunkle Bemerkung, das literarische Urteil spiele dabei keine Rolle. Was soll denn das nun wieder heißen? Will man Ihnen mit diesen Worten den Triumph vermiesen oder was?
Ich will in Zukunft aufpassen und Sie nicht mehr mutlos machen, indem ich Ihre individuellen Eigenarten gleich als DDR-typisch interpretiere. Nie mehr, ich verspreche es. Alles wäre natürlich viel einfacher, wenn Sie die Tochter von Honecker wären und ich der Sohn von Kohl. O Gott! Jeder stünde treudoof hinter seiner jeweiligen Regierung, wir könnten einander brav Rede und Antwort stehen, ein jeder für sein System. Offenbar gehören wir beide aber zu jenen Leuten, die bei dem Wort Staatsbürger nicht gerade hymnische Gefühle kriegen und die es trotzdem nie zu anständigen Regimegegnern bringen, sondern die sich motzend, stöhnend, nörgelnd mit den jeweiligen Staatsformen arrangieren. Wie dieses Arrangement aussieht, können wir uns schreiben, aber mir ist klar, daß ich Sie nicht fragen kann und will, was Sie zum Beispiel dazu sagen, wenn nun in Ost-Berlin ein Luxushotel gebaut wurde, in dem die Übernachtung einige hundert Mark kosten soll, in den Suiten allerdings weit über tausend. Dem Reporter des ARD-Fernsehens gegenüber ließ der geschäftsführende Hotelier keinen Zweifel daran, daß die von den Japanern gepumpte Kohle schleunigst wieder erwirtschaftet werden muß. Gefragt, wie sich das mit dem sozialistischen Gedanken vertrüge, sagt er strahlend: »Hervorragend!« Damit war der anderthalbminütige Tagesschaubericht beendet. Länger soll sich ja kein Zuschauer mit einem Thema abplagen müssen. Den Reim darauf muß man sich selber machen. Ich nehme an, der Hotelier meint, das Schröpfen derjenigen, die es haben, ist immer richtig – und da ist ihm ja zuzustimmen.

Money makes the world go round – die plattesten Songs enthalten doch immer noch am meisten Wahrheit. Irgendwann, habe ich den Verdacht, wird der Unterschied zwischen kapitalistischer und sozialistischer Wirtschaftsordnung nur noch der zwischen einer Schraube mit Rechts- und einer mit Linksgewinde sein.
Schade, daß ich nicht Redakteur beim *Bayerischen Rundfunk* bin. Am besten ein älterer, der nicht mehr hochkommen will. Dann könnte ich Ihnen schöne Geschichten erzählen, wie zum Zwecke der Volksverblödung Personalpolitik betrieben wird, wie Druck ausgeübt und Maulkörbe verhängt werden. Und wie das dann alles mit so einer freiheitlichen Tarnfarbe angepinselt wird. Denn ich habe immer das Gefühl, daß ich Ihnen ein paar Schauermärchen von hier bieten muß, nicht zuletzt, um von Ihnen welche zu erfahren.
Nicht schaurig, sondern hiesiger Autorenalltag ist ein Problem, mit dem ich mich gerade herumschlage: Ich habe für eine Zeitschrift, die sich als aufgeweckt, aber unpolitisch versteht, ein Mannequin aus Südafrika gesprochen und soll nun ein Porträt schreiben. Als das wirklich Interessante an dieser Frau stellten sich ihre politischen Ansichten heraus, die so weit weg von denen Bothas nicht sind. Darüber würde ich gern zehn Seiten lang schreiben. Das aber hat keinen Sinn. Die Pressefreiheit ist groß, aber der Markt hat seine Regeln. Und ich kann einen Stand, der Bonbons verkauft, tatsächlich nicht mit einer gepfefferten Essiggurke beliefern.

Viele Grüße, Ihr Joseph Westphalen

Berlin-Pankow,
den 2. Oktober 1987

Lieber Joseph von Westphalen,
wie darf ich Ihr Bild von der gepfefferten Essiggurke und dem Bonbonstand verstehen? Haben Sie sich einen anderen Stand gesucht, oder haben Sie die Gurke kandiert? Die Freiheit, als Autor einen herrschenden Markt zu bedienen, hat man wohl überall, die habe ich hier auch, und hätte ich sie mir genommen, wäre ich vielleicht schon Staatspreisträger. Soviel auch zu Ihrer vereinnahmenden Bemerkung, wir beide, Sie und ich, hätten uns in unseren jeweiligen Staatsformen wenn auch stöhnend, motzend, nörgelnd, so doch arrangiert. Haben Sie?

Mein Roman »Flugasche« (und nur der) soll tatsächlich im nächsten Jahr mit zehnjähriger Verspätung hier erscheinen, als unkandierte Essiggurke. Was Stephan Hermlin bewogen hat, seiner Fürsprache für meine Bücher dieses uncharmante Hackebeilchen hinterherzuwerfen, kann ich nicht sagen. Man will ja das Beste annehmen, obwohl ich nicht ahne, was das sein könnte.

Warum ist Ihnen klar, daß Sie mich nach dem prunkigen Grand Hotel (schade, daß es nicht Hotel Royal heißt) nicht fragen dürfen? Dessen Existenz mir übrigens so gleichgültig wäre wie die von Intercontinental oder Steigenberger, gäbe es genügend andere Hotels für die Bewohner dieses Landes und hinge an der Fassade des noblen Hauses nicht das unsichtbare Schild: Für Eingeborene Betreten verboten. Wollen Sie da nicht mal übernachten? Es soll schon Zimmer für knapp dreihundert DM geben, und Sie erzählen mir dann, wie es darin aussieht.

Das Schlimmste an solchen Absurditäten ist, wie schnell sie sich durch ihre Realität in unseren Köpfen als scheinbare Normalität einnisten. Wer wundert sich heute noch über das

Metropol- oder Palast-Hotel, die ja im Prinzip nichts anderes, nur nicht ganz so protzig sind.
Kürzlich, im Zusammenhang mit Erich Honeckers Reise in die Bundesrepublik, sah ich im ZDF eine Sendung, in der DDR-Bürger, die gerade auf dem Weg zu ihren West-Verwandten waren, nach den Reisemöglichkeiten und -bedingungen befragt wurden. Und einige von ihnen erzählten mit Dankbarkeit in der Stimme, wie großzügig die Polizei doch mit ihnen umgegangen sei, sogar eine schöne Reise habe man ihnen gewünscht, nein wirklich, man müsse schon sagen. Daß es Länder gibt, deren Bewohner nur verständnislos den Kopf schütteln, wenn man ihnen erzählt, daß man die Erlaubnis der Polizei braucht (die auch ohne Begründung verweigert werden kann), um in ein Nachbarland zu fahren, wird als Sonderfall, nicht als Normalität angesehen. Die gesetzliche Rechtlosigkeit ist so weit verinnerlicht, daß das Zugeständnis minimaler Bürgerrechte als bedankenswerte Gnade empfunden wird. Wie Reisegenehmigungen tatsächlich erteilt und verweigert werden, erhellt Ihnen vielleicht eine Geschichte aus meinem nächsten Freundeskreis:
R., ein Sprachwissenschaftler von nunmehr 58 Jahren, wurde 1962 für drei Jahre in ein Gefängnis gesperrt, weil er – obwohl damals ein überzeugter Kommunist – einem Bekannten, der nach dem Mauerbau in den Westen geflohen war, dessen unveröffentlichtes Manuskript nachgeschickt hatte. 1968 lernte R. die Westberlinerin T. kennen, seitdem leben die beiden miteinander, sie in Berlin-Moabit, er in Berlin-Pankow, an den Wochenenden in Pankow, in den Ferien seit 1978 in einem südöstlichen Land. Davor wurden R. Auslandsreisen auch in Richtung Osten nicht gestattet, dreizehn wurden ohne Begründung abgelehnt, die vierzehnte und alle folgenden ohne Begründung genehmigt. R. ist Slawist, das Reiseverbot bedeutete für ihn ein halbes Berufsverbot. (Vor kurzem war in der holländischen Literaturzeitschrift *Tirade* zu lesen: Wenn in der DDR alles so gut wäre wie R.s Übersetzung von Ossip Mandelstam, würde der Rezensent sofort seine Koffer packen und dorthin ziehen.) R.s und T.s Zusammenleben

über die Mauer hinweg gestaltete sich mit den Jahren nicht viel komplizierter als das anderer, in getrennten Wohnungen lebender Paare, bis vor neun Jahren ihr Sohn geboren wurde. T. suchte nach einem Weg, um in der DDR zu leben, ohne DDR-Bürgerin zu werden. Solche Wege gibt es nicht. R. versuchte, sich vorzustellen, wie er in Moabit leben würde. R. sagt, er könne sich nicht vorstellen, nie wieder in Mecklenburg zu sein, wo er herstammt – was immer sich hinter diesem Satz verbirgt.
Ich ahne, wie viele unserer Mitleser, vielleicht sogar Sie selbst, fragen werden: Warum geht er denn nicht in den Westen? Eine illegitime Frage, wie ich finde (die aber auch mir oft gestellt wird). Er kann nicht. Er ist gebunden durch seine Biographie, seinen Charakter, seinen Beruf; er kann nicht – das muß reichen.
Seit Reisen auch zu lebenden Verwandten in den Bereich des Möglichen geraten sind, versucht R., seine Familie zu besuchen: zur Einschulung; als T.s Wohnung abbrannte und R. ihr helfen wollte; zum achten Geburtstag des Kindes. Wenn sein Sohn fünfzig würde, dann vielleicht, sagte man R. auf der Polizei. R. schrieb Eingaben, vergebens. Um ihn herum fahren Leute zu Verwandten, die sie noch nie gesehen haben, deren Existenz sie vielleicht bislang in den Fragebögen sogar schamhaft verschwiegen haben. R. fährt nicht, obwohl dieser Staat ihm, wie ich meine, viel schuldet, wenigstens drei Jahre. Solange die Möglichkeiten zu reisen von solcher Willkür verwaltet werden, sind sie kein Recht, sondern eine Gnade, die jederzeit verweigert, erteilt, entzogen werden kann und die zum Wohlverhalten verführt.
Walsers »Dorle und Wolf« habe ich gelesen, nur bleibt mir für heute kein Platz. Vielleicht beim nächsten Mal, obwohl ich mich über die Bücher lebender Autoren öffentlich lieber äußere, wenn sie mir wirklich gefallen.

Mit freundlichem Gruß,
Ihre Monika Maron

München, den 9. Oktober 1987

Liebe Monika Maron,

unsere Briefeschreiberei selbst wollte ich nie mehr zum Thema machen, es drückt mich aber doch noch etwas: Am Anfang unserer Korrespondenz habe ich den Mund vollgenommen und behauptet, ich würde mich einen Teufel darum scheren, ob wir Zuschauer hätten. Das widerrufe ich zerknirscht. Mittlerweile irritiert es mich heftig, daß uns beim Briefeschreiben zugesehen wird.

Sie sind auch in diesem Punkt in einer anderen Lage: *DIE ZEIT* dürfte in der DDR nicht gerade massenhaft verfügbar sein; Sie werden also eher unter mangelnder Resonanz leiden, während für mich das gelegentliche Fußscharren, Gähnen, Rausgehen, Türzuschlagen und die Zwischenrufe des Publikums unüberhörbar werden; Ihnen gegenüber ist der liebe Leser übrigens wohlwollend.

Da ich keine Lust habe, die Schuld gleich bei mir selbst zu suchen, stelle ich erst mal fest: das Ost-West-Thema berührt viele Leute auch hier so empfindlich, daß sie meine gelegentlich saloppe Tonlage nicht angebracht finden. Deren Pfiffe halte ich allerdings noch aus. Denn entgegen Kohls leider längst mit Gras überwachsener Äußerung halte ich die DDR nicht für ein KZ; dann würde ich in der Tat nicht frozzeln. (Schade, daß sich die Natur nicht so schnell regeneriert wie die politische Landschaft; dann bräuchten wir uns keine ökologischen Sorgen zu machen!) Das von Ihnen geschilderte Schicksal des Sprachwissenschaftlers ist beklemmend und traurig, aber ich mag deswegen nicht in jenen zerknirschten Kondolenzton verfallen, den aufrechte Westler jetzt gerne anschlagen.

Ernst muß ich als Mensch, der vom Schreiben lebt, einen anderen Einwand nehmen, den nämlich, meine Briefe hätten nicht die begehrte Schärfe: Was das lasche Geplemper denn solle!?

Auch hier bin ich dickfellig und will nur ein bißchen Teilschuld auf mich nehmen. Denn Briefe sind nach meinem Geschmack nicht der Ort für geschliffene Pointen. Private Briefe leben vom Sichgehenlassen und von übler Nachrede; solche Briefe interessieren aber die Öffentlichkeit nur, wenn die Verfasser bedeutend waren und tot sind. Wir aber sind nicht tot und, was mich betrifft (beachten Sie, daß ich Sie diesmal höflich ausnehme!), auch nicht bedeutend.

Unsere Briefe sind keine *offenen Briefe,* die tönend die Finger auf allerlei Wunden legen, eine bessere Welt fordern und von zwei Dutzend Prominenten unterzeichnet wurden; sie können aber auch nicht den giftigen Reiz der privaten Enthüllung enthalten. Unsere Briefe sind von der Gattung her Zwitter, Bastarde, die wir an der Leine vorführen. Nachdem mir das nun klar ist, nachdem ich mich nicht mehr gezwungen fühle, möglichst unöffentlich und privat zu sein, fühle ich mich wohler.

Neulich sagten Sie am Telefon, wir sollten in unseren Briefen länger bei einem Thema bleiben. Das ist die Lösung. Es wird Ihnen und den Lesern entgegenkommen, wenn ich das von mir so gern betriebene Gehoppel durch den westöstlichen Rübenacker bleiben lasse.

Die wunderbaren Themen »Staatsbesuch« und BRD-Polit-Bespitzelungsskandal hebe ich mir für ein anderes Mal auf, möchte unsere Rolle als Autoren beleuchten und greife dazu Ihre spöttische Frage auf, was es mit meinem Geständnis auf sich habe, ich hätte mich, zwar meckernd, aber doch arrangiert. Arrangiert – das klingt so nach Ausverkauf der Seele, nach Anpassung und Resignation. Während doch die guten Sitten vom Autor verlangen, daß er heroisch Widerstand leiste. Das aber ist hier gar nicht so einfach.

Im Umkreis unserer heiligen Kuh, der »freiheitlich demokratischen Grundordnung« (die Bezeichnung könnte ich mir auch hübsch von Honecker heruntergenuschelt vorstellen), werden die verschiedensten Rollen bereitgehalten, vom Grundstücksspekulanten bis zum Sozialarbeiter, vom Polizisten bis zum Demonstranten, vom Regierungssprecher bis zu

dem, was für das Feindbild Stoltenbergs ein Schreiber in der linken Kampfpresse ist (er meint den *Spiegel,* dessen Herausgeber bekanntlich ein frommer Liberaler ist). Strauß hatte seinerzeit von »Schmeißfliegen« gesprochen, ein Begriff, den die Intellektuellen empörend fanden. Ich habe aber nichts dagegen, eine Schmeißfliege zu sein. Lieber eine Schmeißfliege als der Ochse, der sich von ihr belästigt fühlt, oder als gar nur ein Kuhfladen. Eine Schmeißfliege ist, und wenn sie noch so böse summt, ein fester Bestandteil des biologischen Kreislaufs, sie hat keine Möglichkeit, Widerstand zu leisten.
Manche Autoren hier kommen sich Gott weiß wie subversiv und anarchistisch vor oder werden von wohlmeinenden Kritikern entsprechend emporstilisiert, was ich als Heuchelei empfinde. Denn auch der angriffslustigste Literat kann nicht viel mehr tun, als die zu ärgern, die er nicht mag. Er schwirrt ihnen im Rahmen eines freiheitlichen Arrangements um die Ohren, daß sie zucken und fuchteln, und die Zuschauer lachen dazu.
Richtig ernst wird es im freien Westen erst, wenn solche Angriffe nicht in »seriösen« Verlagen erscheinen. Wenn ich das Bild vom Ochsen und der Fliege in einer harmlosen Anti-Atomkraft-Zeitung deutlich ausführe, dann darf der Staatsanwalt terroristisches Umfeld wittern, und tatsächlich wird er mir schnell ein Verfahren wegen Beleidigung von Staatsorganen und Aufforderung zur Gewalt anhängen, und nach heute gängiger Rechtsprechung brummt mir der Richter in der ersten Instanz drei- bis viertausend Mark auf.
Blaugrün schillernd und gräßlich summend grüßt

Joseph Westphalen

Berlin-Pankow,
den 16. Oktober 1987

Lieber Joseph von Westphalen,
nun stehen die Dinge aber senkrecht auf dem Kopf. Wenn ich die Sentenzen Ihres letzten Briefes beim Wort nehme und gedanklich fortsetze, erfahre ich als erstes, wie vorteilhaft es für mich ist, daß es die *ZEIT* in der DDR nicht zu kaufen gibt, weil mir so der Unwillen des Publikums erspart bleibt. So gesehen wäre es wohl das beste, man schlösse sein Geschriebenes gleich in die Schublade. Ich erfahre auch, wie schwer Sie es als Autor haben, Widerstand zu leisten, weil die Rolle des aufsässigen Schriftstellers in der von Ihnen zitierten freiheitlich demokratischen Grundordnung der Bundesrepublik vorgesehen ist. Das erinnert mich an gelegentliche Feststellungen bundesdeutscher Schriftsteller und Leser, die Autoren in der DDR hätten es leichter als ihre westdeutschen Kollegen, weil sie es schwerer haben. – Bis dahin bin ich mit einiger Mühe bereit, es komisch zu finden. Weiter aber nicht.
Sie verweigern der Geschichte meines Freundes R. (ich hoffe, daß ich damit Ihre hehren linken Gefühle nicht zu arg verletzt habe) sogar das angemessene sachliche Interesse, um sich von der sentimentalen Heuchelei imaginärer Zeitgenossen zu distanzieren, schreiben aber kurz darauf, wie ernst und eklig der Westen wird, wenn man sich über Schmeißfliegen und Kuhfladen in einem ungelittenen Antiatomkraft-Blättchen äußert. Und das schreiben Sie in der wohlgelittenen *ZEIT*. Verstehen Sie mich bitte richtig, ich will nicht den gleichen Fehler begehen wie Sie und ein Unrecht bagatellisieren, weil es mir nicht ins Konzept paßt. Aber dreitausend Mark und drei Jahre in einem Leben – das ist für mich ein asymmetrisches Problem.
Ich weiß, daß die Staatssysteme, in denen wir leben, ihre Macht rigoros mißbrauchen, wenn es um die Macht geht. Wie

die Bundesrepublik ehemalige Terroristen behandelt, daß sie einem politischen Gewaltverbrecher weniger verzeihen will als einem Raubmörder – das allerdings wohl im Sinne eines großen Teils der öffentlichen Meinung –, beweist sehr deutlich, wann und wie staatliche Machtpolitik sich zum Nonplusultra erhebt und sich auch durchsetzt. Und wenn der Staat seine Macht bedroht sieht, wird eben auch eine Sitzblokkade zum Gewaltakt erklärt. Das weiß ich und nehme es ernst. Nur sind die Möglichkeiten der Öffentlichkeit, auf die Machtdemonstrationen des Staates zu reagieren, in Ost und West sehr verschieden. Wissen Sie eigentlich, daß es in der DDR für die Bürger immer noch unmöglich ist, sich mit dem Staat und seinen Einrichtungen juristisch auseinanderzusetzen? Wer meint, es sei ihm durch den Staat ein Unrecht geschehen, darf sich beschweren und kann so sein Recht bekommen oder auch nicht. Er hat kein Recht, sein Recht einzuklagen.
Ich halte eigentlich nichts davon, sich die eigenen Beschwernisse gegenseitig um die Ohren zu schlagen, und komme mit meinen Freunden aus dem Westen auch sehr selten in solche Situation, höchstens mal mit einem, der von der alten Achtundsechziger-Sentimentalität nicht lassen kann, der Osten sei ein Synonym für das Gute, und wenn schon das nicht, so doch etwas, das man gegen die Reaktionäre im Westen um jeden Preis verteidigen muß; worin sich ja eine seltsam geographisch empfundene politische Moral offenbart. Wenn ich sehe, wie verzweifelt der Staat hier dem Westen hinterherhetzt und wie neidisch Strauß auf die in der DDR praktizierte Kulturpolitik schielt (und sie gegenüber den Goethe-Instituten auch dringlich empfiehlt), weiß ich oft nicht, warum überhaupt noch von zwei Systemen (die sich gar wie Feuer und Wasser zueinander verhalten sollen) geredet wird. Eher sehe ich zwei Läufer auf der gleichen Aschenbahn in die gleiche Richtung laufen, während sie sich mörderisch darüber streiten, wer wen überrundet hat.
Sie schreiben ironisch, die guten Sitten verlangten vom Autor, daß er heroisch Widerstand leiste, ... aber auch der angriffslustigste Literat könne nicht mehr tun, als die zu ärgern, die er

nicht mag. – Nun bedeutet Widerstand ja nicht mehr, als gegen etwas zu stehen, sich oder etwas zu behaupten, einer Sache standzuhalten; einer Mode, einer Versuchung, einer Macht zu widerstehen, indem man die eigene Position nicht preisgibt. In diesem Sinne halte ich Widerstand für eine Existenzform der Literatur und die Literatur für eine Existenzform des Widerstands. Ihrer Gleichsetzung von Widerstand und Angriffslust will ich nicht folgen; und den zu ärgern, den man nicht mag, halte ich auch nicht für die Aufgabe der Literaten. Wenn ein Autor etwas produziert, das andere ärgert, kann er es nicht ändern; er muß es hinnehmen und die Folgen tragen. Aber seine Arbeit ist Selbstbehauptung im weitesten Sinn, dazu gehört die Verteidigung dessen, was er für richtig und wichtig erkannt hat, gegen alle Angriffe, manchmal auch nur gegen die Realität. Wenn er dafür selbst angreifen muß, muß er das tun. Wenn er dafür ein Land verlassen oder gerade darum in ihm bleiben muß, muß er das auch tun. Das ist seine Möglichkeit zu widerstehen. Und hätten sich in der Vergangenheit nicht einige derart standhafte Leute gefunden – die meisten von ihnen eher ängstlich als heroisch –, hätten wir heute keine Literatur.

Ich fühle mich ein bißchen unbehaglich in diesen abstrakten und prinzipiellen Sätzen, aber für eine differenziertere Betrachtung fehlt wieder einmal der Platz und für die höflichen und versöhnlichen Arabesken auch.

Seien Sie trotzdem sehr herzlich gegrüßt,
Ihre Monika Maron

München, den 23. Oktober 1987

Liebe Monika Maron,
jetzt wollte ich in meinem letzten Brief doch mal wirklich konstruktiv sein, indem ich, nicht ohne Lust, die Rolle des Schriftstellers als Schmeißfliege ausmalte, was allerdings nicht als Klage verstanden werden sollte, sondern als so eine Art ernstzunehmender Witz. Sie aber schreiben so ernst und förmlich und mit spürbar verhaltener Empörung zurück.
Ich fühle mich mißverstanden von Ihnen. Das liegt unter anderem vielleicht daran, daß wir verschiedene Vorstellungen von Ironie haben. Sie ärgern sich über meinen ironischen Umgang mit dem Begriff des Widerstand leistenden Literaten; und ich ärgere mich, weil es mir nicht ironisch genug ist, wie Sie mich in die vernagelte Ecke derer stellen, die bei den Buchstaben VEB brüderliche Glanzaugen kriegen und die Unverschämtheit besitzen, von hier aus in der DDR alles halb so schlimm zu finden. Mit diesen dummen DKP- oder DKP-nahen Leuten habe ich nun wirklich nichts zu tun, glücklicherweise hatte ich da auch in bewegteren Jahren keine Sympathien, *diese* Vergangenheit brauche ich nicht zu bewältigen, nur das bißchen Mao-gut-Finden.
Und dann lassen Sie die holzhämmernde Ironie gänzlich fahren und werfen mir allen Ernstes vor, daß ich dem staatsverordneten Schicksal Ihres Freundes R. das angemessene Interesse verweigere, weil es mir angeblich nicht ins Konzept passe. Ich bitte Sie! Ich habe diesen Bericht nicht kommentiert, weil es, wie ich schon mal schrieb, sauschwer ist, von hier aus angemessene DDR-Kritik zu üben, das heißt, eine Kritik, die nicht von rechts vereinnahmt werden kann. Da aber, wie Sie sehr richtig schrieben, auch unsere altreaktionärsten Politiker schon freundliche Töne der DDR gegenüber ausschlagen, kann ich Ihnen meine Ansicht ja eröffnen, die Sie doch aber hoffentlich im Grunde

meiner Seele vermutet haben: Es ist eine miese Staatsform und Regierung, in der Leuten, wie Ihrem Freund R., derart mitgespielt wird. Der reinste Amstsstubenfaschismus. Ekelhaft.

Haben Sie denn geglaubt, weil ich auf die BRD schimpfe, finde ich die DDR besser? Die DDR wäre jedenfalls so ziemlich das letzte Land, in dem ich leben möchte. Wir schreiben uns doch, weil ich wissen will, wie man es als kritischer Mensch in so einem Saftladen aushält. Und ich hoffe sehr, daß es auch ein paar von unseren noch Mitlesern wissen wollen. (Mein Klagen über die Kritik der Mitleser haben Sie auch mißverstanden; ist doch klar, daß ich wie jeder vernünftige Schreiberling auf Leser aus bin. Aber auch von denen will man doch nicht mißverstanden werden. Indem ich meine Irritation über die Kritik der Leser erwähnte, wollte ich etwas zurechtrücken und mich nicht über das Mitlesen beschweren!)

Daß Sie es in der DDR aushalten wollen, versteh' ich; ich hänge ja auch an kaputten Sachen. Aber *wie* man es aushält, wie *Sie* es aushalten, das interessiert mich, das habe ich mittlerweile *etwas* besser, aber noch lange nicht ausreichend begriffen. Meine nicht sehr dankbare Rolle als Ihr Briefpartner sehe ich darin, Sie mit allen möglichen Späßchen und Vermutungen und Selbstbezichtigungen zu animieren, mir Ihr DDR-Leben zu erklären. Sie sind an einen Animier-Partner geraten, Madame! (Für diesen frivolen Satz werde ich wieder einige Mitleserrügen anhören müssen.)

Sie sollen uns mit unerhörten DDR-Neuheiten versorgen. Da ich weder Ihnen noch den *ZEIT*-Lesern große BRD-Informationen bieten kann, bleiben mir oft nur schräge Thesen. Daher mutig losgelegt:

Langsam glaube ich, daß wir beide tatsächlich verschiedener sind und verschiedenere Sprachen sprechen als unsere jeweiligen scheinbar so verschiedenen Staatskomiker. Wir mißverstehen uns, und nicht nur wegen der verschiedenen Ironie. Uns nervt das Gerede über die Ost-West-Unterschiede, weil wir keine Kluft wahrhaben wollen. Dabei ist die Kluft vermutlich tiefer, als wir denken, oder wenigstens als ich dachte. Es gibt neben der West-Ironie und der Ost-Ironie ein West-Autorenrisiko und ein Ost-Autorenrisiko. Alles ist verschieden, unser Widerstandsbegriff und das, was wir als Erfolg verstehen. Alles.

Sie haben mir vorgeworfen, ich hätte ein »asymmetrisches Problem« konstruiert, als ich von den Folgen hiesiger staatsunliebsamer Literatur berichtete. Sie sollten mir das nicht vorwerfen. Es ist einfach so. Es ist total asymmetrisch. Sie haben das passendste aller Wörter gefunden. Es gibt nichts Asymmetrischeres als die BRD und die DDR mitsamt ihren Literaten und ihrer Literatur. Schief und krumm stehen wir zusammen da. Wir sollten diese Asymmetrie nicht zu vermeiden versuchen, sondern kultivieren. Es ist doch kein schlechtes Prinzip. Symmetrie, Harmonie ist immer klassizistisch. Das ist doch auch nicht das Wahre, wenn ich mich an Herbert Marcuse richtig erinnere, den das hiesige Wende-Jungvolk nur noch vom Hörensagen kennt.

Dieselben deutschen Wörter werden von uns verschieden besetzt. Und meiner Ansicht nach müssen die DDR-Literaten zwangsläufig ganz andere Bücher machen, nämlich metaphernreichere. Darüber würde ich gern weiterschreiben.

»Trotzdem« beste Grüße auch, Ihr
Joseph Westphalen

Berlin-Pankow,
den 30. Oktober 1987

Lieber Joseph von Westphalen,
unser Briefwechsel gerät zur Karussellfahrt, wir streifen ewig das Gleiche, mal höher, mal niedriger, aber immer das Gleiche. Als wir unsere Korrespondenz begannen, dachte ich, wir beide würden mit unseren verschiedenen Erfahrungen und Lebensumständen gemeinsam über einige interessante, von mir aus auch deutsch-deutsche Themen nachdenken, und nicht, daß Sie im literarischen Negligé vor mir herumhüpfen, um mir die unerhörten DDR-Neuheiten zu entlocken. Ich bin keine Nachrichtenagentur. Und was soll die Albernheit (vielleicht nennen Sie das wieder Ironie), ich solle Ihnen erzählen, wie ich mein DDR-Leben aushalte. Mein DDR-Leben ist mein Leben, wie Ihr Leben ein Leben in München ist, und ich werde einen Teufel tun, aber nicht auf der Kolumnenseite des *ZEITmagazins* mein Leben verhackstücken.
Wollen wir nun miteinander reden, oder wollen Sie mich ausfragen? Wenn Sie sich wirklich als Animierpartner verstehen, nur zu, dann halten Sie mich bei Laune. Aber dann machen Sie sich auch die Mühe herauszufinden, was mich wirklich animiert. Das gehört zum Beruf (wenigstens der Animiermädchen). Erzählen Sie mir, wie Sie *Ihr* Leben zwischen bürgerlichem Wohlstand und unverkäuflichen Essiggurken aushalten. Das würde mich vielleicht animieren. Warum können Sie es eigentlich nicht lassen, jeden Unterschied zwischen Ihnen und mir zum Unterschied zwischen Ost und West zu erklären! Mir ist Ihre Ironie oft einfach zu vordergründig, nicht zu westlich. Das Gegenteil davon wäre hintergründig, nicht östlich. Außerdem ist die Ironie nur ein Ton der kommunikativen Tonleiter, und wenn man nur den benutzt, wird es eben monoton und verwechselbar. Vielleicht können Sie in Zukunft – nur zu meiner Orientierung – ein paar ernstere Töne einstreuen?

Sie schreiben, die DDR-Literatur müsse zwangsläufig metaphernreicher sein; eine These, zu der mir zunächst nur Fragen einfallen: Was ist DDR-Literatur? Ein Teil der wichtigen Autoren meiner Generation, bis vor zehn Jahren DDR-Schriftsteller, leben inzwischen in der Bundesrepublik oder in West-Berlin. Was sind sie nun in solcher Klassifikation? Und welche Bücher oder Autoren meinen Sie? Die hiesige Literatur seit 1949 ist durchaus nicht von homogener Gestalt; von platten Parteitagsillustrationen bis zur experimentellen Lyrik finden Sie alles. An welcher Literatur messen Sie den Metaphernreichtum der DDR-Literatur, an Proust, Kroetz, Beckett, Martin Walser, Kafka? das müßte ich wissen. Und welche Verwendung der Metapher meinen Sie: die sprachliche in Wort oder Satz oder die strukturelle, in der vielleicht erst durch den letzten Satz die ganze Geschichte zur Metapher erhoben wird? Sicher unterscheiden sich die Bücher, die in Ost und West geschrieben werden. Da in der DDR Politik und Alltag für den einzelnen spürbar und unausweichlich miteinander verwoben sind und gerade darin oft der Ursprung lebensbestimmender Konflikte liegt, nehmen die konkreten politischen Verhältnisse in unserer Literatur einen anderen Rang ein. Hinzu kommt der oft besprochene Umstand, daß die Schriftsteller der DDR im ohnehin schlecht besetzten Chor der öffentlichen Meinung den Part der Journalisten mitsingen müssen, weil die entweder in falschen Tönen trällern oder ganz und gar schweigen. Mich überkommt beim Schreiben manchmal die unbezähmbare Lust, etwas ganz deutlich, ganz klar und eindeutig auszusprechen, nur weil ich es sonst nirgends lesen kann. Das sind dann oft die Stellen, die von meinen Lesern hier am gierigsten gelesen werden, von den West-Rezensenten am häufigsten zitiert, und die mir später in der Regel am wenigsten gefallen.
Ich gehöre übrigens nicht zu den Anhängern der Theorie von den zwei deutschen Literaturen. Ich denke, daß wir alle, beladen mit der gleichen Geschichte und geformt durch die gleiche Kultur, über Deutschland nach dem Zweiten Weltkrieg schreiben, jeder über die Verhältnisse und unter den Umstän-

den, in denen er lebt. Wollte ich die Existenz von zwei deutschen Literaturen zugeben, müßte ich diese jeweils noch einige Male aufteilen, denn so fremd mir einige DDR-Autoren sind, so verbunden fühle ich mich einigen Schriftstellern aus der Bundesrepublik, der Schweiz oder Österreich.
Die Deutschen in Ost und West können einander als Spiegel dienen; jede Seite lebt der anderen deren andere Möglichkeit vor. Und was sie jetzt, wenn sie sich gegenseitig betrachten, aneinander nicht mögen oder gar verachten, verachten sie im Grunde an sich selbst. Ich bin sicher, wenn man morgen die Systeme tauschte und die DDR-Bürger mit dem Kapitalismus und die Bundesbürger mit dem hier praktizierten Sozialismus beglückte, würde es nicht lange dauern, bis jede Seite die an der anderen eben noch geschmähten Eigenschaften selbst zu schönster Blüte brächte. Als die Grenze zwischen der DDR und Polen noch offen war und die polnischen Touristen bei uns einkauften, was sie brauchten (und sie brauchten viel), hat man hier über sie nicht anders gesprochen als ein bestimmter Teil der Bundesbürger über die Türken. Und Friedrich der Große reitet seit einigen Jahren auf ehernem Roß auch wieder Unter den Linden. So schnell wird aus einem Volk nicht ein anderes. Wir sind zwei deutsche Möglichkeiten, als Staaten. Die Literatur bietet zum Glück einige mehr. Thomas Mann, Kurt Schwitters, Bertolt Brecht waren auch verschiedene gleichzeitige Möglichkeiten *einer* deutschen Literatur.

Bis zum nächsten Mal mit herzlichem Gruß,
Ihre Monika Maron

München, den 6. November 1987

Liebe Monika Maron,
als Karussellfahrt mag ich unseren Briefwechsel noch nicht bezeichnen. Wir drehen uns zwar im Kreis, aber ich habe das Gefühl, dabei langsam vorwärts zu kommen. Mittlerweile ist mir klar, daß unser Walzer etwas anstrengend und nicht so unterhaltsam ist wie erhofft; die Dissonanzen und Rhythmusstörungen, die sich zwischen uns ständig ergeben, halten zwar auf, sind aber doch aufschlußreich.
So macht es mich schon wieder fuchsig, daß Sie meine Frage fuchsig machte, wie Sie Ihr Leben in der DDR aushalten. Ich kann diese Frage weder albern noch ironisch finden. Hier, wo ich mal ernst fragte, nehmen Sie es nicht ernst und beschweren sich, als ob ich Gott weiß wie zudringlich geworden wäre. Natürlich will ich Sie nicht aushorchen. Keine Entblößung, bloß das nicht. Gelobt seien unsere Masken. Aber es ist doch eine Tatsache, daß es so ziemlich an jedem Ort der Welt zum Himmel stinkt. Und es ist doch eine äußerst sinnvolle und legitime Frage, wie man mit dem jeweiligen Gestank zurechtkommt. Sonst würden Sie ja wohl nicht gleich zurückfragen, oder?
Also gut: Wie läßt sich der Duft des Wohlstands ertragen? Wer politisch vernagelt ist und nicht kapiert, daß der Preis für den wachsenden Reichtum der westlichen Industrienationen die wachsende Verelendung der Länder der Dritten Welt ist, der hat es am besten in seiner blödsinnigen Homogenität. Wer aber diesen infamen Zusammenhang begriffen hat, muß brüchig werden und kompensieren, wenn er nicht in die Entwicklungshilfe gehen will, um bald zu merken, daß deren Hilfshebel falsch angesetzt sind.
Und so treiben sich im Westen tatsächlich Manager herum, die Videokameras aus Singapur importieren und Traktoren in Brasilien loswerden wollen, denen bei ihren Geschäften aber

nicht ganz wohl ist und die daher eine Schwäche für Astrologie und Esoterik entwickelt haben, für tibetanische Totenbücher und indische Schamanen. Bretthart-brutal und ohne Rücksicht auf Urwaldindianer im Verhandeln suchen diese Affen Erholung im butterweichen Nebel des Irrationalismus und machen am Wochenende Seminare im »Ausbildungszentrum für visionäre Prognose«.

Eine verzeihlichere Wohlstandsflucht ist es, sich auf die eigenen Katastrophen zu konzentrieren und sich mit nichts als den Schadstoffen in Luft und Wasser und den Becquerels in Pilzen und Rehrücken zu beschäftigen (was immerhin ein gutes innenpolitisches Druckmittel ist): Woanders verhungern sie zwar, aber seht, uns geht's auch nicht gut, wir vergiften uns!

Viele Intellektuelle schließlich sehen ein, daß man angesichts der weltpolitischen Desaster verzweifeln müßte. Das aber ist auf die Dauer nicht auszuhalten. Also haben sie sich in verschiedene Spielarten des Zynismus und der Ironie geflüchtet. Um die moralischen Katastrophen ertragen zu können, versuchen sie, die Politiker als Hampelmänner anzusehen, freuen sich, wenn einer stürzt, und kultivieren die Schizophrenie, mit der sie die Segnungen des Wohlstands und der Freizügigkeit hinnehmen und dabei ihre Luxuswunden lecken.

Dies ist eine flüchtige, aber ernsthaft überlegte Skizze des Westens, zu der Sie mich animiert(!) haben. Es ist was dran.

Von den paar Aussteigern abgesehen, will ja keiner von hier weg. Also flieht man in Irrationalismus und in mehr oder weniger heiteren Zynismus.

Der Westen und sein Überfluß. Überfluß erzeugt Überdruß. Ein Beispiel: Sie rügen meine Ironie als vordergründig und halten mir die hintergründige als die bessere entgegen. Klingt plausibel. Aber ich muß gestehen: Ich war jahrelang Redakteur einer Zeitschrift, und ich weiß nicht mehr, wie oft ich im Überdruß das Adjektiv »hintergründig« von der Ironie weggestrichen habe. Schwer zu sagen, was alles hintergründig sein soll, vom gottlob beliebten Tucholsky bis zum leider beliebten Ephraim Kishon. Ich könnte sofort ein Plädoyer für

die vordergründige Ironie schreiben und die hintergründige als provinziell verdammen, und ich schwöre Ihnen, aus dieser überdrüssigen Position heraus ließen sich die vernünftigsten Argumente schlagen. – Ich mach' mir nichts aus luxuriösen Mercedes- oder BMW-Autos und wäre mit einer DDR-Karre zufrieden. Aber ich halte es in unserem Wohlstandsländchen gut aus, weil ich angesichts überzüchteter Autos nicht große Wunderaugen kriegen muß, sondern in überzüchteten Zorn geraten und gegen gutes Honorar die ekelhaften neuesten Modelle schriftlich verhöhnen kann.
Womit wir bei der Essiggurke sind, beziehungsweise bei dem Problem: Wie verkaufe ich hier als Autor säuerliche oder gar bittere Inhalte, wo der Markt nach süßen Leckereien lechzt? Auch das ist ein Überflußproblem. Denn wir können es hier nicht mehr lesen und hören, wie dreckig der Rhein ist und wie kaputt der Wald. Es ist so unsäglich bekannt, wie korrupt und meineidig die Politiker sind, wie verlogen bis in den Tod hinein, wie faul der ganze Zauber. Man will es nicht mehr drukken, man will es nicht mehr hören. Der Überdruß ist unsere Zensur. Deswegen fand Günter Graß' letzter Roman »Die Rättin« so wenig Anklang.
Meine Vermutung, in der DDR werde metaphernreicher geschrieben, resultiert aus einer Begegnung mit DDR-Autoren (beim Klagenfurter Dichterwettstreit), die nicht wie Sie in der BRD, sondern nur in der DDR publiziert werden, die aber durchaus massive Kritik am real existierenden Sozialismus üben (sehr zur Freude der hiesigen Rechtspresse) – allerdings, wie ich finde, sorgsam verpackt in dunkle Metaphern, um die Botschaft auch wohlbehalten bis zum Leser durchzuschmuggeln. Wir hier hingegen müssen die sattsam bekannten Mißstände schräg und knallig entwickeln, um sie bei dem herrschenden Informationsüberfluß an den Mann zu bringen.
Diesmal ernst genug gewesen?

Das fragt Ihr Joseph Westphalen

Berlin-Pankow,
den 13. November 1987

Lieber Joseph von Westphalen,
ruhiges Hochdruckwetter war angesagt, die wenigen versprochenen Aufheiterungen schienen sich über unserer Gegend zu sammeln. Dieses Wochenende verhieß, eins der schönsten des Jahres zu werden. Mit Tagen, an denen man für Momente glauben kann, am Glück einer schlafenden Katze oder eines sonnentrunkenen Schmetterlings teilzuhaben. Spinnenweben glitzerten unversehrt zwischen den Sträuchern, und über den ringsum glühenden Farben lag doch schon ein Hauch von der Ruhe des kommenden Winters: Nichts ist friedlicher als ein sonniger und windstiller Tag im Herbst.

Das oder ähnlich Schwärmerisches dachte ich, als wir am vergangenen Sonnabend in unsere Dorfstraße einbogen, wobei das Wort Straße Ihnen ein falsches Bild vermitteln muß; es ist ein breiter Sandweg, zu beiden Seiten von Eschen gesäumt, der sich hinter dem Dorf in den Feldern verliert. Das erste Lebendige, das wir an diesem Sonnabend sahen, waren nicht wie sonst die heimischen Hühner und Schafe, sondern ein stahlhelmbehüteter und uniformierter Mann mit einem Gewehr schräg vor der Brust, der auf der fünf oder sechs Schritt breiten Straße ernsthaft patroullierte, so daß es aussah, als bewachte er die Blumen in den Vorgärten der Nachbarn. Vor dem Grundstück, das an unseres grenzt und das der hiesigen Schule einige Sommerwochen lang als Ferienlager dient, den Rest des Jahres aber unbewohnt ist, standen einige uniformierte Männer, und auch an unserem Zaun hatte man einen bewaffneten Posten aufgestellt; ein untersetzter Mann, dessen rundes Gesicht ohne den Stahlhelm auf dem Schädel wahrscheinlich gutmütig aussah und mit dem man, hätte er in anderer Eigenschaft an unserem Zaun gestanden, ein paar freundliche Worte gewechselt hätte. So aber, und weil ich aus vergangenen Jahren wußte, was das Ganze zu bedeuten hatte, legte ich mich sofort mit ihm an. Er solle sein eigenes Objekt bewachen, sagte ich (stellen Sie sich vor, ich sagte nicht Haus oder Grundstück, ich sagte tatsächlich Objekt), worauf der Mann nach einer angemessenen Weile des Nachdenkens auch abzog.

Nun ist es wohl Zeit, daß ich Ihnen den beschriebenen Sachverhalt erkläre: Was da stattfand, war eine Übung der Kampfgruppe der Arbeiterklasse, in diesem Fall der mit der Arbeiterklasse verbündeten Genossenschaftsbauern. Die Kampfgruppe ist eine militärische Vereinigung sonst ganz und gar ziviler Personen unter der Führung der Vorhut der Arbeiterklasse, also der Genossen der Sozialistischen Einheitspartei Deutschlands, und ihre Aufgabe ist es, den Frieden und den Sozialismus zu schützen. Soviel ich weiß, ist es der Kampfgruppe nicht gestattet, die Bürger durch ihre Übungen zu behelligen, worauf ich mich in meinem alljährlichen Streit mit ihr auch berufe. Erfolglos.

Und so kam es schon vor, daß die Dorfstraße mittels Kuhketten gesperrt wurde und die alten Frauen des Ortes, hier schon vierzig Jahre und länger ansässig und allen wohlbekannt, ihre Personalausweise vorzuzeigen hatten, worüber sie einen Heidenschrecken bekamen, weil sie glaubten, der dritte Krieg in ihrem Leben sei nun ausgebrochen. Oder es passierte, daß wir unseren Nachmittagskaffee tranken oder irgendeine Gartenarbeit verrichteten, während von links und rechts, direkt an unserem Gartenzaun, Maschinengewehre auf uns gerichtet waren, meistens noch ein drittes von der gegenüberliegenden Anhöhe, was mich, wie ich gestehen muß, schon an den Rand ganz unberechenbarer Taten geführt hat.

Diesmal aber sah ich dem Treiben sehr gelassen, sogar mit vergnügter Neugier zu, weil der Gedanke, Ihnen davon zu schreiben, mir das Spektakel ins Sinnhafte rückte und mich so versöhnte, selbst als vom Dorfausgang Schüsse zu hören waren (ich hoffe, es wurde nicht scharf geschossen). Ich frage mich, was mit Männern passiert, wenn sie zu fünfzig oder

hundert sind, alle in der gleichen Uniform stecken und ein Gerät in der Hand haben, mit dem man über die Entfernung von hundert Metern einen Menschen töten kann. Liegt es an meinem Mißtrauen und meiner Abneigung gegen jede Art von Militär, daß ich in ihren Blicken Feindseligkeit zu finden glaubte, obwohl die gleichen Männer, würden wir uns beim Einkauf oder in der Kneipe treffen, mich schlimmstenfalls gleichgültig ansehen würden. Waren sie nun das eine und wir das andere? Und wenn das andere, welches? Das Zubewachende oder das Zubeschützende? Aber richtet man auf das Zubeschützende die Läufe der Maschinengewehre?
Am Abend machten wir einen Spaziergang. Aus dem waffenputzenden und zigarettenrauchenden Männerhaufen löste sich eine Stimme. Wilhelm, rief jemand (Wilhelm heißt mein Mann). Und als wir zurückkamen, rief wieder jemand: Wilhelm. Wir konnten den Rufer im Dämmerlicht nicht ausmachen und gingen ins Haus. Später, so gegen halb zehn, erschreckte uns ein scharfes Zischen dicht vor unserem Fenster, zweimal, dreimal, und dann schwebten die farbigen Funken der Leuchtraketen langsam in den Acker. Das war fast schön. Am nächsten Morgen lagen die Plastikverpackungen noch zwischen den Kronenverschlüssen der Bierflaschen und leeren Zigarettenschachteln auf der Straße. Die Kampfgruppe war irgendwohin zur Kampfübung ausgeschwärmt. Die Schafe grasten unbewacht.
Das war für dieses Jahr mein letztes Wochenende auf dem Lande. Die nächsten vier Briefe bekommen Sie von mir aus Amerika. Wenn ich mich recht entsinne, waren Sie dort auch noch nicht, und meine Rolle, Ihnen aus einem Land zu schreiben, das Sie noch nie gesehen haben, bleibt dieselbe. Oder schaffen Sie es und schreiben mir inzwischen wenigstens einen Brief aus der DDR? Wohin, kann ich Ihnen erst sagen, wenn ich in Washington bin, bis bald also, ach, und ich fürchte mich so vorm Fliegen.

Viele Grüße, Ihre Monika Maron

München, den 20. November 1987

Liebe Monika Maron,
mit der plastischen Schilderung der Manöver-Aktivitäten vor Ihrem Haus auf dem Land haben Sie ungute Erinnerungen in mir wachgerufen. Denn nichts versetzt mich so sehr in Trauer wie das Militär. Daß ich dieser Einrichtung vor vielen Jahren auch einmal angehören mußte, berechtigt mich um so mehr zu meinem Abscheu.

Wenn sie einen mit achtzehn, neunzehn Jahren zur Bundeswehr einziehen, ist das eine herbe Erfahrung. Hat man bisher nichts anderes getan als das Gymnasium zu absolvieren, ist diese Erfahrung vielleicht sogar von einer gewissen ausgleichenden Gerechtigkeit. Denn ein gleichaltriger Elektromonteur hat die Anpfiffe seines Meisters und die vorgeschriebene Berufskleidung schon einige Jahre ertragen müssen; er wird sich von Uniform und Vorgesetzten nicht im selben Maße schockieren lassen.

Aber dabei bleibt es nicht. Nun kommen auch noch diese abscheulichen Waffen dazu, deren möglichst effektvoller Einsatz fortan geübt werden soll, damit sie nämlich niemals wirksam eingesetzt werden müssen. Den Ernstfall will ja tatsächlich keiner. Aber die Schizophrenie der Abschreckungstaktik ist nicht jedermanns Sache, meine jedenfalls nicht. Man sollte nicht vergessen, daß es ganz ohne Militär doch wohl noch ein bißchen sicherer wäre.

Ich bin in meiner Militärzeit auf wenige wirkliche Schleifer gestoßen, denen es richtig Spaß machte, andere Leute herumzuschikanieren. (Diese Neurotiker können einem allerdings den Glauben an die Menschheit ziemlich nehmen.) Aber selbst diejenigen, die ohne Lust und fast verlegen ihre Befehle geben, haben ausgereicht, um mir die Funktionsweise des militärischen Apparats als unerträglich erscheinen zu lassen. Denn ein Befehl kann noch so verlegen gegeben und noch so verlegen ausgeführt werden, er wird kaum eine andere Wirkung haben, als wenn schneidige Überzeugung dahintersteckt.

Das Ganze ist und bleibt eine Dressur. Ein Pulk im Gleichschritt dahermarschierender Soldaten ist einfach nichts Normales. Ich war dabei. Ich weiß das. Es ist ekelhaft. Die Wehrpflicht ist eine Pflicht, ekelhaft zu sein. Wer lang genug ekelhaft war, dem graust es vor nichts mehr. – Das ist ein sehr eigener Beitrag zur Psychologie der Kriegsführung, aber ich fürchte, ein bißchen was ist dran.

Man lernt beim Militär, wenn man es gegen den Strich wahrnimmt, sehr schnell sehr viel über die Abrichtbarkeit des Menschen, und das ist sehr traurig. Man lernt natürlich auch, wie man sich wehren kann. Nach den ersten lauten Schüssen behauptete ich damals, es klinge so unangenehm in meinem Ohr, und ließ mir ein Attest ausstellen: »Schalltrauma« – ein schönes Wort. Fortan brauchte ich weder zu schießen noch dorthin zu gehen, wo geschossen wurde. Auch gab es Möglichkeiten, das Ritual des Gehorsams zu durchbrechen. Die ganze Befehlsgeberei fällt in sich zusammen, wenn man dem Schreihals mehrmals sagt, man könne ihn nicht verstehen. – Man hat mich damals bald in Ruhe gelassen. Während die anderen herumknallten, las ich russische Romane und kam mir mordsmäßig subversiv und wehrkraftzersetzend vor. Heute werfe ich mir vor, daß ich nicht angriffslustiger und renitenter war, wenn ich das Kriegsdienstverweigern schon als unzumutbar empfand.

Ich weiß nicht, ob die heute jemals wirklich schießen würden? Wenn ich auf der Autobahn hinter einem Militärlaster herfahre, dann sehen diese übermüdeten Milchgesichter ja ziemlich harmlos aus. Dann aber muß man sich wieder mal so eine Horde frisch entlassener Reservisten anhören. Kaum haben sie ihre Militärzeit hinter sich, was machen sie: sie grölen Soldatenlieder. Widerlich. Denen ist alles zuzutrauen. Nicht weniger widerlich ist es natürlich, ein Manöver »Kecker Spatz« zu nennen. Vielleicht haben sie das auch nur aus Verlegenheit getan, damit es wie ein harmloses Räuberspiel klingt,

wie etwas völlig Unbedrohliches. Aber das ist ja gerade das Infame. Immerhin wird da eine Kriegsmaschine geölt, deren Sinn es ist, möglichst viele zerfetzte Leiber zu hinterlassen. Es ist schon ein bodenloser Zynismus, Waffen und Kampfhandlungen niedliche Namen zu geben. Ich erinnere mich an eine Rakete namens »Honest John«; die chinesische »Seidenraupe« ist da auch nicht viel besser.
Für mein Gefühl und – seltene Einigkeit! – wohl auch für Ihres dürfte sich das Militär überhaupt nicht in der Öffentlichkeit sehen lassen. Lieber eine Plastiktüte mit Abfällen am Waldrand als ein Soldat. Wenn sie alle in den Kasernen eingesperrt blieben, könnte wirklich nichts passieren.
Wenn Sie wieder mal mit einem Soldaten reden sollten, möglichst mit einem hochrangigen und hochdekorierten, dann sagen Sie ihm doch bitte, was nur eine Frau einem Soldaten sagen kann. Ich habe es aus einem hübschen Roman; die motorradfahrende Heldin rief es einem Offizier höhnisch zu: »Ziehen Sie sich gefälligst an wie ein Mann, wenn Sie mit einer Frau sprechen!«
Sie haben sich einstweilen aus einem mir noch verborgenen Grund zu einer Reise in die USA aufgemacht, in ein Land, gegen das ich nicht zuletzt deswegen meine Vorurteile pflege, weil dort das Militär am allerwenigsten in Frage gestellt wird, weil dort die allerschlimmsten Kriegsfilme die allergrößten Publikumserfolge werden und auch die Antikriegsfilme nicht entschieden genug gegen den Krieg sind. – Gespannt, was Sie von jenseits des großen Teichs hören lassen, ist

Ihr Joseph Westphalen

New York,
den 27. November 1987

Lieber Joseph von Westphalen,
nach zehn Tagen Amerika der erste Brief an Sie. Washington lasse ich aus und beschränke mich auf die Fahrt von Washington nach New York City. Da der erste Teil meines Aufenthalts hier im Rahmen des internationalen Besucherprogramms der amerikanischen Regierung stattfindet, reise ich mit einigem Komfort und mit einer Dolmetscherin, was bei meinen peinlich schlechten Englischkenntnissen von Vorteil ist. Leider kann die Dolmetscherin nicht Auto fahren. Also nahm ich all meinen Mut zusammen, sagte mir, daß ich schließlich aus einer Großstadt stamme, und stürzte mich auf Amerikas Highways. Sie sehen, ich habe es überlebt.
Unsere erste Station war Lancaster, das Gebiet der Pennsylvania Dutch, was in diesem Fall nicht die Holländer meint, sondern sich von Deitsch ableitet. Hier siedelten im 18. Jahrhundert deutsche Einwanderer, unter ihnen die in Europa verfolgten Mennoniten und die Amisch, eine orthodoxe Sekte, die sich im 17. Jahrhundert von den Mennoniten getrennt hat. Wir nahmen uns für sieben Dollar die Stunde einen Fremdenführer, Aaron Glick, einen alten Mennonitenprediger, der früher selbst ein Amisch war. Wenn du die amische Leit verstehen willst, sagte er, mußt du zuerst verstehen, daß sie denken, sie sind näher bei Gott, wenn sie bei den alten Moden bleiben.
Die Amisch sind Farmer, sie bauen ihre Möbel selbst, nähen ihre Kleider, stellen kunstvolle Handarbeiten her, die sie verkaufen. Sie sind nicht reich, aber auch nicht arm, sagte Aaron Glick. Ihre Religion gebietet ihnen, keine Autos zu benutzen und keinen elektrischen Strom. Sie sprechen die alte, inzwischen von zahllosen englischen Wörtern durchsetzte Dialektmischung ihrer pfälzischen, Schweizer und hessischen Vor-

fahren. Die Frauen tragen lange Röcke aus ungemusterten Stoffen und weiße Hauben, die Männer schwarze Anzüge und streng geformte Hüte. Ihre Kinder gehen acht Jahre lang in eigene, einräumige Schulen, wo sie vorwiegend nach der Bibel unterrichtet werden. Für den Touristen ist das Wunderlichste wohl der Anblick der schmalen dunklen hochrädrigen Pferdewagen, in denen die Amisch geheimnisvoll, fast feierlich über die Landstraßen rollen. Eben noch zwischen elektronischen Anzeigetafeln, grellen Reklameschildern und glitzernden Autos, glaubt man sich angesichts solcher Bilder in ein Märchen versetzt; wo sonst ließe sich ein anderes Jahrhundert einfach betreten wie eine Landschaft.

Die amische Leit, erzählte uns Aaron Glick, wollen keine Traktoren, weil sie sagen: wenn man einen Traktor hat, kann man alles allein machen und braucht seinen Nachbarn nicht mehr. Er zeigte auf eine Scheune. Die brannte an einem Sonnabend ab, und am Donnerstag stand sie wieder, fünfundsiebzig Amisch haben daran gearbeitet. Aber auch hier ist Amerika. Eine riesige Touristenindustrie lebt inzwischen von den Amisch, und von Mr. Glick erfuhren wir, daß die ansässigen Ladenbesitzer ganz gewöhnlichen amerikanischen Souvenirströdel von Amischfrauen als Amischprodukte an die amischgierigen Touristen verkaufen lassen.

Die Nacht verbrachten wir in einem lausigen Hotel in Hanover (Pennsylvania). Das College von Gettysburg hatte Elternwochenende, und jedes zumutbare Hotelzimmer der Umgebung war belegt. Direkt neben dem Motel fiel mir ein kleines Haus auf, aus dessen Giebelseite das eingemauerte Heck eines Flugzeugs ragte, auf dem ein fünfzackiger roter Stern prangte. Das Haus war von einem Wall aus Sandsäcken umgeben, über der Eingangstür verkündete eine Leuchtschrift: The Bunker, Restauration & Lounge. Das Innere des Etablissements gab sich nicht weniger kriegerisch. Die Wände waren behängt mit Uniformteilen, Gefechtskarten, Patronenhülsen, Kriegsgeräten jeder Art aus dem Zweiten Krieg, aus Korea und Vietnam. Jeder Gast bekam außer der Speisekarte eine papierne Servierdecke vorgelegt, auf der ein Artikel aus *The Evening Sun* vom

8. Februar 1986 abgedruckt war, aus dem man erfahren konnte, daß der Besitzer der Bar, Dan Davies, 50, eine Frisur hat wie General Dwight Eisenhower und ein bißchen aussieht wie General George Patton; daß er, befragt nach der Herkunft des Flugzeugs, gewöhnlich erklärt, es handle sich um eine russische Antonov An-2, daß es in Wahrheit aber eine Beechcraft ist, die er nur wie eine russische Maschine angemalt hat.

Davies diente drei Jahre bei den Marines, war danach elf Jahre bei der Highway-Patrouille der Polizei, dann fünfzehn Jahre in verschiedenen Berufen: Vertreter für optische Erzeugnisse, Privatdetektiv, Computerverkäufer; die eigene Bar ist die Erfüllung eines Traums. Sie ist eine Geste für alle Kerle, die in der Armee gedient haben, sagte Davies der *Evening Sun.*

Am nächsten Morgen suchen wir einen Ort, dessen Name hier in Amerika so komisch wie rührend erscheint: East-Berlin, gelegen westlich von New York, südlich von Harrisburg und nördlich von Hanover. Eine kleine Stadt um ein Straßenkreuz gruppiert, alles sehr sauber, ordentlich, idyllisch. An der Tankstelle fragten wir eine Frau, ob sie wüßte, woher die Stadt ihren Namen hat. Sie wußte es nicht, verwies uns aber an Frau Lau, Inhaberin eines Supermarkts und des dazugehörigen Restaurants, wo wir unser Frühstück nahmen, Eier, Schinken, Saft, Kaffee, die erste Tasse wird bezahlt, jede weitere gibt es umsonst, alles zusammen drei Dollar, die wir dann nicht mal bezahlen durften. Darüber aber im nächsten Brief.

Diesen schreibe ich Ihnen aus dem 25. Stockwerk eines Hochhauses in Manhattan, und wenn ich aus dem Fenster sehe, denke ich: Sie sind arm dran mit Ihrem Vorurteil, das Sie daran hindert, New York zu sehen, denn der Ausblick ist grandios. Übrigens: New York ist nicht Amerika, New York ist exterritorial.

Bye, Ihre Monika Maron

Moskau,
den 4. Dezember 1987

Liebe Monika Maron,
vor Ihrem Aufbruch in den Wilden Westen stellten Sie schnippisch die Frage, ob ich nicht vielleicht während Ihrer USA-Tour eine Reise in die DDR schaffen würde. Die rhetorische Empfehlung hat sich überraschenderweise sehr schnell und sogar noch weitgehender erfüllt.
Eine Nacht war ich in der Hauptstadt der DDR, hauste in einem dieser monströsen Devisenschuppen an der Friedrichstraße namens »Metropol« und mußte, da Sie ja nun zur Zeit in New York oder sonstwo sitzen, mich selber fragen, was das für Leute aus England oder Italien, Wiesbaden oder Hamburg sind, die hier ihre Westwährung verpulvern, und was ausgewählte Ostberliner, die hier arbeiten, und was die Leute auf der Straße denken mögen, wenn sie beim Vorübergehen durch die übergroßen Fenster überdeutlich Einsicht in die gigantischen Hotelhallen haben oder in die schummrigen Hotelrestaurants, wo westliche Touristen und Geschäftsleute mit seltsam befriedigten Gesichtern herumsitzen und sich für sehr viel Westgeld einen völlig verspießten Luxus bieten lassen. Unerträglich.
Ich schlich in der Regennacht herum, sehnte mich nach einer ganz normalen Kneipe, traute mich aber nicht, Passanten meinen ganz normalen Wunsch anzuvertrauen. Das einzige, was ich entdecken konnte, war ein Restaurant am Bahnhof Friedrichstraße mit Hammondorgel-Musik und deutlich feierabendlichem Ausgehcharakter und sehr vielen angepaßt aussehenden jungen Leuten, wo es auch nicht auszuhalten war. So habe ich den Abend in meinem Luxuszimmer gesessen (mit 178 Westmark noch sehr günstig), DDR-Fernsehen geguckt und Erdnüsse aus der Minibar gegessen. Ein Alptraum.

Aber Ost-Berlin war nur eine Zwischenstation. Gewisse journalistische Pflichten entsenden mich nach Moskau. Während des Flugs von Ost-Berlin dorthin studierte ich vergnügt meine Reiseunterlagen, die mir einen luxuriösen Aufenthalt in einem noblen Devisenhotel versprachen. Was mir in Ost-Berlin peinlich gewesen war, der Sonderklassenmensch zu sein, würde mich in dem mir völlig fremden Moskau mit seiner mir völlig fremden Sprache weniger quälen, hoffte ich.
Und in Moskau fing es auch gut an. Der Zollbeamte am Flughafen entnahm dem kyrillisch getippten Visum meine gräfliche Abstammung, nannte mich mit sympathischer Ironie und charmanten deutschen Sprachbrocken wechselweise »Graf« oder »Exzellenz«, bat mich höflichst, den Koffer zu öffnen, amüsierte sich, daß Exzellenz seine Zigaretten selbst dreht, blätterte in meinen mitgeführten Papieren (darunter auch Ihr letzter Brief) und murmelte mit gespielter Strenge das Reizwort »staatsfeindliches Schrifttum« vor sich hin.
Nun kam eine zu allem Überfluß auch noch entzückende Frau auf mich zu und sagte in ebenfalls entzückendem Englisch, daß der Wagen schon auf mich warte. Und dann saß ich in einer schweren schwarzen Limousine der Marke »Tschaika«, ein wunderbares altes Modell, in dem zur Not selbst Chruschtschow oder Bulganin gesessen haben könnten; ein Auto, das den Fünfziger-Jahre-Amischlitten nachempfunden ist und sie dabei weit übertrifft, ein Ding, für das der westliche Oldtimerfan zigtausend Mark hinblättern würde. Kettenrauchend, die Fenster sämtlich beschlagen, raste der Fahrer schlingernd durch den Schneematsch der breiten Autobahn Richtung Hotel. Morgen würde ich Ihnen über diese Paradoxie schreiben, malte ich mir aus: wie ich als reicher Westler im armen Osten in übergroßen Hotelhallen aus tiefen Schalen Kaviar löffle, während Sie, im freien Westen zu Besuch, in niedrigen Motels pappige Hamburger mampfen müssen.
Plötzlich hielt die Staatskarosse an der Stadtgrenze von Moskau in einer grauenvollen Gegend vor einem grauenvollen Betonhochhaus. Mein Hotel! Ein Buchungsfehler? Ein Tort?

Ich weiß es noch nicht. Ich war darauf eingestellt, der umkurte Gast zu sein, und nun dies: Statt des umsorgten Fremden bin ich ein Fremdkörper; der einzige Ausländer unter Scharen von ausgelassenen Russen, die sich angeheitert am Lift vordrängen, so daß ich zu Fuß in den zehnten Stock steige.

Es ist eine gerechte Strafe, in einem Land zu sein, dessen Sprache man nicht spricht. Ich verstehe nichts. Es wäre sinnlos, mich zu den wohlgelaunten Russen an einen vollen Eßtisch zu setzen und ein Stockfisch zu sein. So sitze ich in meinem erbärmlichen Hotelzimmer, das von der Zeitung, die mich schickt, als Luxusklasse gebucht war. Das Ganze muß einfach ein Irrtum sein.

Unten tost die Schnellstraße nach Moskau, oben die Flugzeuge. Ich habe Hunger und esse die Pralinen auf, die als Gastgeschenk für das russische Hotelpersonal gedacht waren. Ich blättere im Moskauer Sprachführer und finde die Sätze »Ich habe Depressionen« und »Ich habe Alpträume«. Alptraum heißt auf Russisch »koschmar«, ähnlich dem französischen »chauchemar« – wohlvertraute Klänge. Ich habe in Moskau eine Weile zu tun und bin sehr gespannt, wie es weitergeht. Sie hören noch von hier.

Do sswidanija und liebe Grüße,
*Ihr im Land der Russen Graf (*Граф)
Joseph von Westphalen.

San Franzisko,
den 11. Dezember 1987

Lieber Joseph von Westphalen,
ein Eindruck türmt sich auf den anderen: New York, San Franzisko, Santa Fé, Austin, New Orleans: Und dabei schulde ich Ihnen noch eine Geschichte aus East Berlin. Gegründet wurde East Berlin vor etwa zweihundert Jahren von einem Preußen als Berlin. Später entstand in Pennsylvania ein zweites Berlin, so daß die Post für beide Orte verwechselt wurde und sie darum nach ihrer geographischen Lage East- und West-Berlin genannt wurden, denn West-Berlin gibt es in Pennsylvania auch. Auf meine Frage, ob die Bewohner von East Berlin sich für das East Berlin in Germany mehr interessierten als die übrigen Amerikaner, schüttelte Mrs. Lau, Besitzerin des Supermarktes, den Kopf. Nein, sagte sie, aber sie freue sich sehr, daß ich da sei, sie freue sich immer, wenn Ausländer nach East Berlin kämen. Und so geschah es, daß wir unser Frühstück nicht selber bezahlen durften.
Das Vorurteil, die Amerikaner interessierten sich nicht für das Ausland, kann man jeden Tag bestätigt finden. Sie haben genug Ausland im eigenen Land, drei Stunden Zeitunterschied zwischen New York und San Franzisko, kaum eine Familie, in der sich nicht wenigstens zwei Nationalitäten vereinen; über den Rest der Welt wissen die meisten wenig, manche auch gar nichts. Wenn der Rest der Welt aber ein Gesicht hat und einen Namen, sind sie begeistert, wollen alles wissen, erzählen bereitwillig von sich selbst und zaubern oft noch aus einem Winkel ihrer Erinnerung ein Wort in der Sprache des Gastes hervor.
Der beliebteste Ausländer in Amerika scheint im Augenblick Gorbatschow zu sein, fast in jedem Gespräch werde ich nach ihm und seiner Politik befragt. Und selbst die zähesten Anhänger von Reagan, dessen Ansehen auch hier gesunken ist

wie der Dollarkurs, distanzieren sich vom Mißtrauen und von der Reserviertheit der Regierung gegenüber dem neuen *Soviet leader* (jedenfalls da, wo ich war). Überhaupt scheinen sich hier konservative und aufgeklärte Haltungen im einzelnen Menschen extremer zu mischen, als ich es aus Deutschland (Ost und West) zu kennen glaube. Eben noch denke ich, mit einem Gleichgesinnten zu sprechen, und erfahre im nächsten Augenblick, daß dieser vermeintlich Gleichgesinnte der Ansicht ist, die Obdachlosen wollten gar nicht anders leben und die Armen nutzten die Sozialmaßnahmen nur aus und kauften für ihre Lebensmittelschecks das teuerste Fleisch und Kaugummis für ihre Kinder.
In Austin (Texas) habe ich das dortige County-Gefängnis besichtigt, weil ich in der DDR nicht die Möglichkeit habe, mir ein Gefängnis von innen anzusehen (außer ich riskiere, ein Insasse desselben zu werden), und weil ich glaube, daß die Zustände und das Reglement von Gefängnissen Aufschlüsse über die Gesellschaft geben, in der sie existieren. Zum County-Gefängnis von Austin gehören drei Abteilungen: ein Neubau, auf der anderen Straßenseite das alte Gefängnis und ein Gebäude außerhalb der Stadt, in dem die Freigänger untergebracht sind, die am Tag ihrer Arbeit nachgehen und nachts ins Gefängnis kommen, vorwiegend Leute, die wegen Trunkenheit am Steuer verurteilt wurden oder wegen guter Führung dorthin verlegt wurden. Ich war in den beiden anderen Abteilungen, wo die Mörder, Betrüger, Räuber und Dealer sitzen. Drogen spielten in vielen Fällen eine Rolle, erklärte uns der Public relations officer, der uns durch das Gefängnis führte, ein ungerührter Mann von Mitte Fünfzig, vom dem ich bis jetzt nicht weiß, ob er nur sachlich oder ob er zynisch war. Wir sahen die Küche, in der Gefangene die Mahlzeiten auf kleinen Tabletts wie im Flugzeug herrichteten: Gemüse, Fleisch, Kuchen. Wir sahen die Zellen und die Aufenthaltsräume, alles grau, karg, sauber, große Glasfenster, hinter denen die Gefangenen zu besichtigen waren wie im Laborversuch. Drei Stunden am Tag dürfen sie ihre Zellen verlassen, um fernzusehen, Karten zu spielen oder sich miteinander zu

unterhalten. Sie können Briefe schreiben und empfangen, so oft sie wollen, zweimal in der Woche dürfen sie für fünfzehn Minuten besucht werden, auf den Gängen sind Telefone angebracht, von denen sie R-Gespräche führen können. Soviel ich über die Gefängnisse in der DDR weiß, müßten solche Verhältnisse den Gefangenen dort als paradiesische Zustände erscheinen. Im alten Trakt allerdings sah es so aus, wie man amerikanische Gefängnisse aus Filmen kennt: dunkel, brutal, Käfige, deren Eisentüren verrammelt werden, als müßten sie wütigen Raubtieren standhalten. Dieser Teil würde demnächst geschlossen, erklärte uns unser Begleiter, Austin hätte jetzt einen aufgeklärten Sheriff, der vernünftige Ansichten zum Strafvollzug hätte.

In der Frauenabteilung sahen wir, wie eine junge Frau, die sich bereit erklärt hatte, in Schulen aufzutreten, um die Schüler vor den Folgen krimineller Taten zu warnen, gerade zu ihrer missionarischen Aufgabe abgeholt wurde. Sie trug den orangefarbenen Gefangenenanzug, wurde an Händen und Füßen gekettet, eine dritte Kette legte man ihr um die Taille, woran die Kette befestigt wurde, an der die Wärterin die Frau führte. Ich fragte, wofür die Frau verurteilt sei; Betrug, erfuhr ich. So viele Ketten also, um das Geld zu schützen, niemands Leben, nur das Geld. Während ich da stand und der unwürdigen Prozedur zusah, fühlte ich mich plötzlich verantwortlich für die Ketten, die man der Frau anlegte. In diesem Augenblick war es gleichgültig, ob ich Amerikanerin war oder Deutsche, von ost- oder westdeutsch ganz zu schweigen. Ich war frei, und sie war in Ketten; und ich sah zu, wie man ihr die Ketten anlegte. So verlief die Grenze zwischen uns.

PS: Habe leider Ihren Brief aus Moskau eben erst bekommen. Warum haben Sie bei Ihrem Stopp in unserer Berlinhälfte nicht meinen Mann angerufen. Der kennt richtige Kneipen.

Herzliche Grüße,
Ihre Monika Maron

Moskau, den 18. Dezember 1987

Liebe Monika Maron,
sagen Sie, diese in Ketten gelegte Gefangene, die Sie in ihrem letzten Brief beschreiben und deren Anblick Ihnen zu Herzen ging, kann es nicht sein, daß das wieder mal eine typisch amerikanische PR-Show war? Daß da eine Bilderbuchgefangene zum Zweck einer wirkungsvollen Kampagne gegen das Straffälligwerden herausgeputzt und mit den schaurigen Symbolen des Kerkers ausstaffiert wurde? Und zwar so perfekt, daß Sie die makabre Fesselung für bare Münze nahmen? Ich weiß es nicht und frage nur.

Obwohl ich nicht wie Sie im Land herumkomme, sondern mich nur in Moskau aufhalte, platze ich wie Sie fast vor Eindrücken. Bei meiner Ankunft in Moskau hatte ich zunächst den Umstand verflucht, die Sprache nicht zu sprechen und in einem Hotel am Stadtrand untergebracht zu sein. Mittlerweile bin ich dafür dankbar. Als Einzelreisender werde ich nicht mit Touristenbussen hin- und hergekarrt. Eingelullt von Sehenswürdigkeiten und Abfütterungen kommt man natürlich rasch dazu, die Russen als überaus freundlich und kunstsinnig zu preisen und die russische Küche als üppig; kurz, alle Klischees nachzubeten, die der reich bebilderte Reiseführer wohlgelaunt nennt. »Moskau kennen und lieben« heißt so ein Büchlein.

Das ist ein seltsames Phänomen bei westlichen Reisenden: Sie sind so überrascht, daß der Iwan kein Erzfeind mehr ist, daß leibhaftige Kommunisten wie ganz normale Menschen aussehen, daß sie in eine Verbrüderungseuphorie verfallen und die wirklichen Mißstände gar nicht mehr wahrnehmen oder ernst genug nehmen. Sie haben ja auch alles in ihren Touristenhotels.

Ich habe mich drei Tage wie ein Taubstummer durch Moskau treiben lassen und fand es einmal ganz heilsam, daß einem

zunächst keiner alles erklärt; daß man selber hinschauen und zusehen und schlußfolgern muß.
Mein Gott, wie schön kann es sein, sich in einer fremden Großstadt treiben zu lassen, und wie trostlos und unwirtlich ist das in Moskau. Irgendwann möchte man sich als Passant doch einmal irgendwo hinsetzen und eine Stärkung zu sich nehmen. Nichts. Es gibt nichts. Es gibt natürlich Restaurants. Aber man kommt nicht so einfach von der Straße aus in eines hinein. Man muß vorangemeldet sein oder man muß anstehen. Vor jedem Restaurant stehen bei minus 15 Grad Trauben von Menschen, die offenbar die Hoffnung haben, doch noch da hineinzukommen. Innen ist oft alles ziemlich leer. Es ist eine unglaubliche Frechheit der Kellner und Kellnerinnen, die Leute nicht wenigstens im warmen Vorflur warten zu lassen. Aber es ist auch eine unglaubliche Schafsgeduld, mit der sich die Wartenden diese Schikane gefallen lassen. In diesem Land gab es doch einmal eine Revolution. Es wurden die Häuser gestürmt, die dem Volk verschlossen waren. Hier murrt und protestiert kein Mensch. Auch vor den wenigen Cafés dasselbe Bild. Wohin? Was tun?
Als würden sie nicht schon genug anstehen und warten, stehen die Leute auch noch vor dem Leninmausoleum am Roten Platz Schlange, um an der Revolutionsmumie vorbeizupilgern. Ich bin statt dessen in die Leninbibliothek gegangen. Zwar kann ich keine Zeile Russisch lesen, aber hier kann man im Warmen ein paar Notizen machen.
In ein Hotelrestaurant zu gehen, wo ich mit Westgeld bezahlen kann, ist mir zuwider. Ich gehe also in ein Brotgeschäft. Ein wunderbarer klassizistischer Raum, ein angenehm vergammelter Salon mit Stuck und Lüstern. Doch, das hat was, sagt sich der Westler, steht staunend zehn Minuten an und hat dann sein Weißbrot, das er gierig auf der Straße verschlingt. Wo sonst?
Das Brot klebt schwer im Magen, und erst nach langem Suchen finde ich wieder einen wunderschönen vornehmen Raum, wo es Limonade gibt. Nach acht Minuten Schlangestehen stürze ich glücklich das erste Glas Fanta meines Le-

bens in mich hinein und stelle mich gleich hinten noch einmal an.

Die Stadt ist sehr belebt. Wenigstens das. Aber die Menschen drängeln und schubsen. Keiner entschuldigt sich. Dicke Weiber stoßen einem scheußliche Einkaufstaschen aus hartem Plastik ins Kreuz. Wem man die Schwingtür aufhält, der bedankt sich nicht. Die Autos dürfen 80 fahren. Fußgänger übersehen sie.

Eine schöne Stadt immer noch, auch wenn vieles kaputt ist. Aber so unfreundlich. Die Taxifahrer schütteln den Kopf: Zu meinem Alptraum-Hotel will keiner hinausfahren. Dafür ist die Metro mit ihren marmornen Stationen eine Erholung. Dann mit dem Bus durch endlose Vorstadt-Wohnsilos. Ich frage mich dauernd, warum diese scheußlichen Häuserblocks nicht so trostlos aussehen wie bei uns, bis ich endlich dahinterkomme: Die Fenster leuchten, fast in jedem Zimmer brennt Licht. Natürlich: Hier drängen sich drei Generationen in kleinen Wohnungen. Und gemeinerweise sieht am dunklen Abend von außen heimelig aus, was innen die schiere Wohnungsnot ist.

Du mußt aufpassen, kein plumper Antikommunist zu werden, sage ich mir. Immerhin habe ich den ganzen Tag über nur 65 Kopeken ausgegeben. Das sind, schwarz getauscht, keine 30 Pfennige. Mein Hotelzimmer, diese Bruchbude, kostet allerdings 160 Mark. Russen zahlen 3 Rubel 50, das wären für uns eine Mark vierzig. Verstehe einer diese Welt.

Viele Grüße, Ihr Joseph Westphalen

Lexington/Kentucky,
den 25. Dezember 1987

Lieber Joseph von Westphalen,
daß sie nach Fanta anstehen und trockenes Weißbrot kauen, während ich in New Orleans Austern schlürfe und dazu kalifornische Weine trinke oder in Santa Barbara unter Palmen spaziere und von den Früchten des Landes koste, erfüllt mich, ja, womit eigentlich, am ehesten mit Gelächter. Mich hat es inzwischen nach Lexington, Kentucky verschlagen. Bis gestern war ich in Kalifornien – ein Flug vom Sommer in den Winter. Jetzt ist mir kalt. In Los Angeles habe ich eine Woche in einem Getto für Farbige gewohnt; in Santa Barbara im Sheraton Hotel am Strand mit Blick auf die Berge; ich war in Disneyland, wo man den Weihnachtsbäumen Kunstschnee aufgesprüht hatte, der der kalifornischen Sonne standhält; in einer Samenbank, die speziell den Samen von Nobelpreisträgern vertreibt; natürlich war ich in Hollywood und in der University of California, die mich eingeladen hatte. Hin- und hergeworfen zwischen den amerikanischen Extremen, habe ich alle Mühe zu verstehen, was ich sehe, und das meiste davon wird seinen richtigen Platz in meinem Kopf erst finden, wenn ich wieder zu Hause bin.
Janice, bei der ich eine Woche gewohnt habe, ist Engländerin, ihr Freund Till Deutscher. Sie ist Germanistin, er Genetiker. Beide sind vor fünf Jahren aus beruflichen Erwägungen nach Los Angeles gekommen, eigentlich nur für zwei Jahre. Sie haben Amerika damals nicht gemocht und mögen es heute nicht. Im März gehen sie nach Österreich und zählen die Tage bis dahin. Sie wohnen in dem Getto für Mexikaner und Schwarze nicht nur wegen der niedrigeren Miete, wie ich glaube, wohl auch, um nicht zu vergessen, was sie an Amerika verabscheuen. Die Häuser in ihrer Straße im Stadtteil Venice stehen im Abstand von zwei, drei Metern dicht nebeneinan-

der, dünnwandige Holzhäuser ohne Fundament mit drei sehr kleinen Zimmern, in denen achtköpfige Familien wohnen. Die Kinder der Nachbarschaft sind vergnügt und laut, so gut genährt wie gekleidet. Ihre Eltern arbeiten als Putzfrauen, Abräumkellner oder in ähnlichen Berufen. Es reicht zum Leben. Aber gleich nebenan am Straßenrand haust eine Frau mit ihren beiden Töchtern in einem Auto, und keiner weiß, wie sie das Auto je wieder in eine Wohnung tauschen werden; die Mädchen gehen nicht in die Schule, was niemanden zu kümmern scheint. Vorn an der Ecke wohnt Bill, von dem man munkelt, er sei Drogenhändler. Einen weiteren Fußweg als vom Auto ins Haus kann man hier in der Dunkelheit nicht wagen. Geht man die Straße weiter in Richtung Strand, wird das Elend offenbar: Umschlagplatz für Drogen, Süchtige, Armut, zwischen ihren betrunkenen Eltern und Bierdosen die Kinder, man ahnt, was aus ihnen wird.

Für die Kinder, deren Leben im Repository of Germinal Choice in Escondido, zwei Autostunden von Los Angeles entfernt, vermittelt wird, ist eine andere Zukunft geplant. Von der Existenz dieser Samenbank hatte ich schon vor drei Jahren gehört, als ich zum ersten Mal in Amerika war. Für dieses Mal hatte ich mir vorgenommen zu ergründen, was es mit dieser Einrichtung auf sich hat. Janice meldete mich an.

Wir fanden das Institut in einem hölzernen Bürohaus neben einer Bankfiliale. Im Vorraum unübersehbar die Grafik einer stillenden Mutter. Eine ältere Dame im rosa Dress stellte sich uns als Dora vor, der Herr hinter dem Schreibtisch, etwas über siebzig, war Robert, der Chef des Unternehmens.

In einem einstündigen Gespräch erfuhr ich folgendes: Robert Klark Graham, bis zu seiner Pensionierung Physiker und in der Brillenindustrie tätig, interessierte sich für die künstliche Vermehrung menschlicher Intelligenz schon als junger Mann, angeregt durch die Beobachtung, daß die intelligentesten Familien in seiner Heimatstadt die wenigsten Kinder hatten. Einige Zeit arbeitete er mit dem Genetiker Hermann Muller zusammen, gemeinsam entwarfen sie den Plan für eine spezielle Samenbank. Die ursprüngliche Absicht, nur Samen von

Nobelpreisträgern zu vertreiben, scheiterte am Alter der meisten Preisträger. Statt dessen versucht R. Graham nun, die künftigen Preisträger ausfindig zu machen. Dabei sucht er ausschließlich unter Naturwissenschaftlern. Fünfzig Prozent seiner Kandidaten, die er zunächst anschreibt, antworten positiv, sagt er. Dann wird ein Gespräch geführt, ein zehnseitiger Fragebogen zugeschickt, in dem aber auch alles – vom Heuschnupfen bis zum Penisleiden – erfragt wird.
Wenn die Auserwählten in ihrer genetischen Zusammensetzung dem Grahamschen Menschenideal genügen, wird ihnen durch einen Expreßdienst eine mit flüssigem Stickstoff gekühlte Flasche zugestellt, die sie drei Wochen lang behalten dürfen. Fünfzig künstliche Besamungen vermittelt Graham monatlich. Seine Kunden seien Akademiker, erzählt er, vor allem die zweiten Ehefrauen von Ärzten, die sich nach der Zeugung ihrer ersteheliche Kinder hätten sterilisieren lassen. Alleinstehende Frauen werden abgewiesen. Aus moralischen Gründen, sagt Graham. Ich nehme an, daß auch juristische eine Rolle spielen: Wo ein Vater ist, kann keiner gesucht werden. Die Bewerbung um das kostbare Sperma kostet 50 Dollar, Spenden sind erwünscht. In dem Katalog der anonymen Spender finden sich unter der Rubrik Ahnen bis auf eine Ausnahme (Osteuropa/Italien) nur Nordeuropäer. Die angegebenen IQs liegen zwischen 145 und 185. Dora und Robert saßen wie stolze Großeltern in ihrem Büro, dessen Wände behängt waren mit den Bildern lachender Kinder. Sie sind so gesund, man sieht es an ihren strahlenden Augen, sagte Dora. Der Szene haftete etwas Obszönes an, das Wort Lebensborn fiel mir ein. Ob er glaube, daß die Welt auf diese Art besser würde, fragte ich Robert Graham. Ja, sagte er. –
Für Sie hoffe ich, daß Sie bis Weihnachten wieder dem gehaßten Konsumterror ausgeliefert sind.

Frohes Fest, Ihre Monika Maron

München, den 1. Januar 1988

Liebe Monika Maron,

mein Herumgenörgel an Moskauer Mißständen dürfen Sie nicht als Klagen eines verwöhnten Reisenden aus dem goldenen Westen verstehen! Ich finde es für mich selbst durchaus nicht zum Heulen; ich war nicht als Tourist in Moskau gewesen, und ich nörgle auch nicht stellvertretend für die Touristen, deren Wohlergehen mir völlig einerlei ist. Ich habe versucht, Moskau so zu sehen, als müßte ich hier leben, und zwar nicht als Devisen-Westler, sondern als Rubel-Russe. Mit diesen Augen fand ich Moskau hart und unverschämt. Aber nicht deprimierend. Es gibt Provinznester in der Bundesrepublik, wo einem bei kurzem Aufenthalt das Leben noch sinnloser erscheint; in Großstädten komme ich mir nie verlassen vor.

Ich hatte genug Zeit, mir auf den überbreiten Moskauer Straßen und Plätzen eine Menge frostiger Gedanken zu machen: über die Vor- und Nachteile von Geduld und Ungeduld, über das lebensnotwendige Erschleichen von Privilegien, über die plötzliche Rücksichtslosigkeit der Privilegierten. Ich habe mich (und bald auch Moskauer und Moskaukenner) gefragt, woran diese Schwerfälligkeit, dieses Hinnehme-Denken liegen könnte. Am System? An der berühmten russischen Mentalität? Oder ist es eine fatale Mischung von beidem? Keiner weiß es.

Vielleicht ist die Frage auch falsch. Ein Sowjet-Bürger würde sich vermutlich wundern, wie die Westeuropäer es hinnehmen können, viele Ferienstunden radiohörend im Autobahnstau zu stecken oder wegen eines Fünf-Minuten-Einkaufs eine halbe Stunde lang einen Parkplatz zu suchen. Vielleicht würde ein Russe in einem solchen Fall normal reagieren und einen Schreikrampf kriegen, ähnlich den westlichen Reisenden, die Nervenzusammenbrüche bekamen, als sie vor einigen Wochen wegen Nebels tagelang auf den Moskauer

Flughäfen festsaßen, umweht vom Geruch überfüllter Toiletten. – Über Sinn und Unsinn des Aushaltens kann man in der Sowjetunion (wenn sie einem fremd ist) genügend Spekulationen anstellen. Auch über die angebliche Aufgeschlossenheit des russischen Volkes für Kunst erlaube ich mir zu spekulieren und halte sie nunmehr für eine Legende, die sich sehr materialistisch erklären läßt. Wenn am Sonntag vor dem ganz unspektakulären »Puschkin-Museum der Bildenden Kunst« 1200 Leute Schlange stehen, dann sicherlich nicht zuletzt deswegen, weil es so gut wie keine Kneipen gibt, wo man sonst hingehen könnte; und in der engen Wohnung will man schließlich auch nicht immer sitzen, schon damit es Sohn und Schwiegertochter endlich einmal ungestört miteinander treiben können.
Nach drei Tagen hatte ich mein Stadtstreicherleben abgebrochen. Es war mir gelungen, in ein Hotel im Zentrum umzuziehen (leider keines der schönen alten; Zimmer 270 Mark) – und ich nahm Kontakt mit westlichen Korrespondenten und Diplomaten auf, die mir den Weg zu Moskauer Intellektuellen und Künstlern bahnten. Das war natürlich ein anderes Moskau, das ich dann kennenlernte: ein reflektiertes, skeptisches, ironisch gebrochenes, ungeheuer interessiertes, gastfreundliches, aufregendes Moskau, das sich da abseits der Straße auftat – aber weiß Gott noch absonderlich genug. Will man mit Russen zu deren westlichen Freunden gehen, die in von der Miliz bewachten Wohnblocks hausen (tatsächlich zu deren Schutz; die brauchen dann keine Sorge um die Scheibenwischer und Räder ihrer Autos zu haben), so ist einiger Aufwand nötig: Die Moskauer-Freunde rufen in Sichtweite des Ausländer-Wohnsilos von einer der zahlreich vorhandenen öffentlichen Telefone den Westfreund an und sagen, daß sie da sind. Der Westfreund geht zum Parkplatz, schabt im Winter sein vereistes Auto frei, fährt 100 Meter bis zur Telefonzelle, packt die russischen Freunde ins Auto, wendet, fährt am salutierenden Milizionär vorbei wieder zurück auf den Parkplatz vor dem Haus und kann nun mit den Gästen unbehelligt in seine kleine Wohnung gehen (die ihm entweder

zu kühl oder zu heiß ist und für die von ihm, beziehungsweise von seinem westlichen Arbeitgeber – Industrie, Bank, Sendeanstalt, Auswärtiges Amt – 3000 Mark Miete hingeblättert werden müssen). Ich weiß bis heute nicht, ob ich dieses Empfangsritual nur albern oder grotesk oder menschenunwürdig finden soll.

Ein andermal wollte ich mich mit einem Moskauer Literaten verabreden. In meinem Hotel. Er würde aber (in seiner eigenen Stadt!) nicht in mein Hotel hineinkommen. Ich habe eine Wut, und er sagt, man müsse das mit Humor nehmen. Also um 13 Uhr *vor* dem Hotel. Es sind 12 Grad minus. Ich will den Poeten (der bundesdeutsche Lyrik ins Russische übersetzt; für DDR-Lyrik interessiert sich keiner!) nicht warten lassen. Ich will ihm eine Flasche Wodka mitbringen. Zwar habe ich dank illegaler Einfuhr (dumm und gefährlich, ich wußte es nicht) 400 Rubel in der Tasche, die ich in München für 160 Mark gekauft hatte und die hier so viel sind wie drei Monatsgehälter eines Arztes, aber die werde ich nicht los. Der Wodka kostet zwar nur 27 Rubel, aber in Westmark bitte, und das sind 80 Mark, und so viel habe ich nicht mehr übrig. – Ich will pünktlich um 13 Uhr vor dem Hotel sein und gehe fünf Minuten vorher aus meinem Zimmer im 18. Stock. Von den sechs Lifts funktionieren nur zwei. Davor Schlangen. Die Nottreppe ist nur bei Not begehbar. Ich warte oben am Lift 20 Minuten, während mein russischer Literatenkollege unten vor dem Hotel friert und nicht in die Halle darf, in der sich großkotzig und wichtigtuerisch westliche Touristen herumlümmeln.

Abends um elf Uhr, zurück in meinem Zimmer, knipse ich den Fernseher an. Offenbar ein politischer Kommentar. Das einzige Wort, das ich verstehe und das die Sprecherin ständig im Mund führt, ist Perestrojka. Umbau. Der ist wahrhaftig dringend nötig und wird eine Weile dauern. Prost Neujahr, das nächste Mal will ich mich an etwas Positiveres erinnern: an das Klima der Intellektuellen,

Ihr Joseph Westphalen

New York,
den 15. Januar 1988

Lieber Joseph von Westphalen,
nach Aussagen mir bekannter New Yorker soll es zwei Sorten von Nicht-New Yorkern geben: eine, die sich beim Anblick der Stadt mit Grausen und Ekel wendet; eine andere, die vom ersten Augenblick an in eine leidenschaftliche Liebe zu ihr verfällt. Ich selbst gehöre zu einer extremen Gruppe der zweiten Sorte, zu den Leuten, die ihr Leben für verfehlt halten, wenn es ihnen nicht gelingt, wenigstens für einige Zeit in New York zu leben.

Nun sitze ich hier also mitten im Objekt all meiner Begierde und frage mich, welchen Satz über New York ich Ihnen wohl schreiben könnte, der nicht längst irgendwo geschrieben steht. Alles Wunderbare ist gesagt, das Schreckliche auch. New York ist alles und ist zugleich das Gegenteil von allem.

Dreimal bin ich hier angekommen, zum erstenmal vor drei Jahren. Ich sprach kein Wort Englisch, auch nicht die drei Worte, die ich kannte. Der Name Manhattan klang mir wie ein »Sesam, öffne dich!«, eine Zauberformel, die das Tor zu einem Geheimnis öffnete. Ich wußte, wo ich wohnen konnte und daß der Schlüssel für die Wohnung bei einer Nachbarin lag, mehr nicht. Mit Hilfe einer freundlichen Kindergärtnerin aus Köln kam ich vom Flugplatz in die Stadt, und als ich aus der U-Bahn stieg, fand ich mich in der Church Street, das war das erste Straßenschild, das ich in New York gelesen habe. Es war zwischen acht und neun am Abend eines glühend heißen Tages, ich war viel zu warm angezogen und stand, ahnungslos, wie mein momentaner Aufenthaltsort sich zu meinem Ziel verhielt, zwischen meinem Gepäck auf der Straße, die aussah, wie ich mir vorstelle, daß eine Straße zehn Minuten nach einem glücklich beendeten Barrikadenkampf aussieht:

Papier und Müll lagen herum, Gruppen von Leuten standen beieinander, liefen durcheinander, keine erkennbare Ordnung, ein vibrierender Ton hing über allem: ein Dröhnen, ein Rauschen, das jedes andere Geräusch in sich aufsog und nur von den jaulenden Sirenen der Polizei- und Unfallwagen durchdrungen wurde. Mich überkam die ungeheure Lust, in diesem Chaos mitzutun. Und die hat mich bis heute nicht verlassen.
Vor sechs Wochen bin ich zum zweiten Male hier angekommen, am Ende einer dreitägigen Autofahrt durch Pennsylvania. Am Sonntagabend steuerte ich den Leihwagen durch Manhattan wie einen Autoscooter auf dem Rummelplatz. Daß ich es überhaupt gewagt habe, liegt an dieser Stadt, ich bin ganz sicher. Wer nicht zu Tode erschrocken ist, entdeckt hier in sich ganz ungeahnte Fähigkeiten.
Meine letzte Ankunft vor einigen Tagen endete im Streit mit einem schwarzen Taxifahrer, der mich kreuz und quer durch SoHo fuhr, weil er angeblich die richtige Hausnummer nicht finden konnte. Er hatte schon am Flugplatz darauf bestanden, daß ich ihm meine schweren Koffer in die Hand gab, ehe er sie widerwillig im Kofferraum verstaute. Ich habe gesehen, unter welchen Bedingungen viele Schwarze hier leben, und konnte verstehen, daß der Mann die Dienstleistung, von der er lebte, nur mit dem Ausdruck seiner tiefen Abneigung gegen Weiße erbringen wollte. Trotzdem fühlte ich mich ungerecht behandelt und fuchtelte mit dem Stadtplan herum, während der Taxifahrer, den Fuß entschlossen auf dem Gaspedal, erklärte, er könne nicht in die Karte gucken, während er fährt. Ich schrie ihn an, er schrie mich an, ich schrie zurück, er auch. Plötzlich fuhr er ohne weitere Erklärungen vor das richtige Haus, wollte aus mir bis heute unbekannten Gründen das Trinkgeld nicht haben, das ich ihm aus Furcht vor weiteren Zornesausbrüchen doch gegeben hatte. Und er erteilte mir strenge Anweisungen, wie ich in Zukunft meine Adresse anzugeben hätte. Während er, immer noch schimpfend, abfuhr, drang mir langsam ins Bewußtsein, daß ich mich die ganze Zeit auf Englisch mit ihm gestritten hatte, und ich beschloß, nicht nur

deshalb, die Angelegenheit eher erfreulich als ärgerlich zu finden.
Ich kann Ihnen nicht über New York schreiben, ohne etwas über die Obdachlosen zu sagen, auch wenn es längst in allen Zeitungen gestanden hat. Ich sehe sie jeden Tag auf den Bänken der Parkanlagen oder wenn sie durch die Straßen schleichen. Es sind mehr geworden in den letzten drei Jahren. Manchen von ihnen sieht man an, daß sie vor nicht allzu langer Zeit noch in glücklicheren Verhältnissen gelebt haben; ihre Kleidung zeugt noch von einem bürgerlichen Anspruch, und ihre Gesichter spiegeln noch den Unglauben über das eigene Elend wider. Bald werden sie ausgebrannt sein wie die Gesichter der anderen, von Kälte, Hunger, Demütigungen und Drogen. Männer, Frauen und Kinder stehen mit kleinen Bechern oder Tüten in der Hand vor den Kaufhäusern und U-Bahn-Eingängen, oder sie steigen in die U-Bahn, schildern in einer kurzen, deutlich vorgetragenen Ansprache ihre Lage und bitten um Geld. Die New Yorker geben. Mir ist der Anstand aufgefallen, mit dem sie geben. Unsentimental und ohne Verachtung werfen sie ihre Münzen in den hingehaltenen Becher. Ein sachlicher Vorgang: jemand bittet um etwas, der andere gibt es ihm. Es scheint, als wüßten die meisten von ihnen, wie schnell ein solcher Absturz möglich wird, auch für sie selbst.
In einer Woche fliege ich wieder nach Hause, da gibt es keine Obdachlosen und auch nichts von allem anderen, das New York ausmacht; und ich fühle mich ein bißchen wie ein Löwe, der nach einem Urlaub im Dschungel nun wieder in den Zoo zieht, wo ihm die tägliche Mahlzeit und ein sauberer Käfig gewiß sind.

Mit herzlichem Gruß, Monika Maron

München, den 29. Januar 1988

Liebe Monika Maron,
rückblickend auf meinen Moskau-Aufenthalt wollte ich mich diesmal nach meinem Genörgel den sowjetischen Lichtseiten zuwenden. Aber nachdem nun Franz Josef Strauß Gorbatschows Bemühungen aus derart vollem Hals gepriesen hat, ist mir die Lust zu loben vergangen. Ich sehe schon, wie westliche Marktstrategen sich über sowjetische Marktlücken hermachen und dabei die letzten Überreste des alten russischen Charmes zerstören werden. Dann wird es noch mehr von diesen scheußlichen pseudomodernistischen und pseudoluxuriösen Gettos für westliche Geschäftsreisende geben; und der Kontrast zu den Einrichtungen, die Sowjetbürgern offenstehen, wird im großen Land der Gleichheit noch absurder werden. In den riesigen Hallen prachtvoller Bahnhöfe werden weiterhin Tausende von Reisenden mit wunderschönen exotischen Gesichtern tage- und nächtelang geduldig auf irgendwelche Züge nach Kasachstan oder in die Mongolei warten und unter den gewaltigen Kristallüstern seelenruhig ihre orientalischen oder zentralasiatischen Lebensgewohnheiten entfalten. Hoffentlich kommt nie ein westlicher Immobilienspekulant auf die Idee, den Moskauern einen solchen Bahnhof abzukaufen und in München, Hamburg oder Düsseldorf als Delikatessencenter wieder aufzubauen. Das fehlte noch. Nachdem Hammer und Sichel seit dem Besuch Gorbatschows bei Reagan die T-Shirts zieren, ist eine perverse, modisch angehauchte, kapitalkommunistische Handelssymbiose nicht mehr auszuschließen.
Die Reaktion der hiesigen Presse auf diesen Raketenverschrottungsvertrag fand ich ziemlich karnickelhaft. Nach jahrelangem Angstgebibber, daß die Mächtigen uns in einem Atomkrieg verheizen könnten, liegt man nun vor Dankbarkeit flach, weil die großen PR-Künstler effektvoll ein paar

ihrer unzähligen Waffen ablegen, die ihnen ohnehin zu altmodisch geworden sind.
Wenn Gorbatschow damit im Westen noch beliebter geworden ist, so wird er bei sich zu Hause doch keineswegs begeistert gefeiert. Gott sei Dank! Begeisterung für politische Führer ist unausstehlich und verhängnisvoll. So vollzieht sich der sowjetische Umbau zäh und skeptisch, ohne Wodka, ohne Jubel und Personenkult.
Der Kult wird im Westen getrieben. Die Rundfunkanstalten der Bundesrepublik wollen zwar täglich Neues aus Moskau, aber sie wollen nur Klischees, wie mir die Korrespondenten erzählen. Sie wollen ein paar Sätze, und da sollten möglichst die Worte *Gorbatschow, Glasnost* und *Perestroika* vorkommen. An einem differenzierteren Bericht, der Gorbatschows Leistungen etwas relativieren und wichtige Hintermänner und Vorreiter der Reformpolitik nennen würde, sind sie ebensowenig interessiert wie an einer Beleuchtung der Moskauer Schwarzmarktszene. Hier will man nur hören, was man weiß.
Das Gegenteil ist in Moskau der Fall. Der dortige Informationshunger erscheint dem mit Informationen vollgestopften Reisenden aus dem Westen geradezu wunderbar, wie dem Zuckerkranken der gesunde Esser als wunderbares Vorbild erscheint. Insofern ist Glasnost tatsächlich eine Wohltat, weil es dadurch ein bißchen mehr Informationsnahrung und ein bißchen weniger Gerüchte gibt. Andererseits kann man sich für Glasnost nichts kaufen; es profitieren hauptsächlich die Intellektuellen oder diejenigen, die sich für Politik und Kulturpolitik interessieren, davon, daß Kritik nicht mehr in dem Maße wie früher unterdrückt wird.
So wurde im Fernsehen vor Gorbatschows Abrüstungsreise mehrmals life eine Direktschaltung mit Washington ausgestrahlt, wo sich amerikanische Senatoren und sowjetische Parteibonzen stundenlang Argumente um die Ohren schlugen. Unterbrochen von den perfiden Werbespots der US-Sponsoren (»America doesn't want to survive, it wants to succeed« – allen Ernstes, ich hab' es selbst gesehn!) hatte hier das

sowjetische Fernsehpublikum erstmals die Möglichkeit, von sowjetischen Menschenrechtsverletzungen zu erfahren und von der nicht gerade sauberen Afghanistan-Politik des Kreml.
Ein Eingeständnis anderer Art macht eine Ausstellung der Werke von Aristarch Lentulow (1882-1943), von dem bisher nur künstlerisch belanglose Arbeiten aus den dreißiger Jahren zu sehen waren, miese Van-Gogh-Nachfolge mit revolutionären Sonnenstrahlen. Nun werden die Bilder aus den ersten zwei Jahrzehnten des Jahrhunderts *vor* der Politisierung des Künstlers gezeigt, und es stellt sich nicht nur heraus, daß die sich mühelos mit Klimt, Klee oder auch Picasso messen könnten, sondern ein Gang durch die Ausstellung macht auch deutlich, wie schnell systembejahende Kunst zu Kitsch werden kann. – All diese fast unauffälligen Hinweise auf die Fehler im System haben bei vielen Intellektuellen den Anflug einer Aufbruchstimmung erzeugt, die es ihnen leichter macht, mit süß-saurem Gesicht zum Preiselbeersaft zu greifen und den Alkoholmangel stöhnend hinzunehmen.
Ich aber muß gestehen, daß ich mich als Reiseberichterstatter nicht sehr wohl fühle. Die Abschilderung von Eindrücken kommt mir so brav vor. Wenn ich an unsere letzten Briefe denke, habe ich das Gefühl, daß wir uns nur wie wortlose Urlauber Berge von Farbfotos zugereicht haben.
Immerhin ist es uns durch unseren Aufenthalt im Reich der jeweils gegenseitigen Supermacht erspart geblieben, die Umtriebe auf dem DDR-Schriftstellerkongreß zu kommentieren. Und mir entging dadurch die Gelegenheit, mich anläßlich der Barschel-Affäre zu entrüsten. Natürlich nicht über Barschel und seine Spitzbuben, sondern über die unerträglichen Politiker- und Journalistenkommentare, die danach so taten, als seien Meineide und Bespitzelungen etwas Ungewöhnliches in unserer Politik. Wie gehts Ihren Löwenkäfiggefühlen?

Viele Grüße, Ihr Joseph Westphalen

Berlin-Pankow,
den 5. Februar 1988

Lieber Joseph von Westphalen,
da bin ich also wieder. Eine Woche nach meiner Rückkehr habe ich kaum die Wohnung verlassen und noch nach New Yorker Zeit gelebt, aber es half nichts, ankommen mußte ich doch. Zunächst mittels alter Zeitungen, die meine Familie mir aufgehoben hatte: Hermann Kants Rede zum Schriftstellerkongreß, eine Lektüre, bei der mir schien, ich hätte trotz meiner Sprachschwierigkeiten die *New Yorke Times* besser verstanden als dieses in deutscher Vatersprache verfaßte Werk. Danach einige Leserbriefe (auch nicht gedruckte) an *DIE ZEIT*, die waren deutlicher, so deutlich, daß ich etwas dazu sagen muß. Wir, Sie und ich, haben uns nicht immer gut verstanden und Ihre flotte Art, den zuerst gedachten Satz auch gleich hinzuschreiben, hat mich oft genug geärgert. Aber der entsetzte Aufschrei über Ihren Bundeswehrbrief zwingt mich, wenn auch verspätet, zum Widerspruch. Was, frage ich mich, hätten diese empörten Verteidiger »des Bürgers in Uniform« wohl gesagt, hätte ich einen vergleichbaren Brief an Sie geschrieben? Ob sie dann wohl ebenso wortreich und enthusiastisch die Notwendigkeit und Menschlichkeit des Militärs gespriesen hätten? Schließlich rechtfertigt jede Armee ihre Existenz durch die Existenz einer anderen, feindlichen Armee. Und wäre es nicht ein Ziel von Armeen, zerfetzte Leiber zu hinterlassen, würden sie nicht Raketen, sondern Konfetti stationieren. Für mich sind Soldaten – in welchem Land auch immer – kein Berufsstand, sondern ein Zeugnis von unser aller Notstand, womit ich hoffentlich jeden Verdacht, in dieser Angelegenheit als Kronzeuge gegen Sie dienen zu können, beseitigt habe.
Daß einem Menschen mit dem männlichen Geschlecht die Verpflichtung zur Wehrhaftigkeit angeboren wird, ist mir

überhaupt ein wahnwitziger Gedanke. Ob dieser männliche Mensch mit dem Staatswesen, in dem er lebt, übereinstimmt oder nicht, ob er den Krieg, der geführt werden soll, will oder nicht – er wird gesetzlich verpflichtet, für diesen Staat in diesem Krieg zu kämpfen. Im Ernstfall ist der Soldat ein seiner bürgerlichen Rechte beraubter Leibeigener des jeweiligen Staates. Bei der Vorstellung, die ersten Toten eines künftigen Krieges könnten möglicherweise diejenigen sein, die sich weigern, an ihm teilzunehmen, weil man sie standrechtlich erschießen kann, frage ich mich, wie sich die Wehrpflicht überhaupt vereinbaren läßt mit einem demokratischen Gemeinwesen, das die Selbstbestimmung seiner Bürger garantiert.
Die Wehrpflicht ist ein Relikt aus archaischen Zeiten, als jedes männliche Stammesmitglied selbstverständlich Jäger und Krieger war, der sowohl die Nahrung zu beschaffen als auch die Jagdgründe gegen andere Stämme zu verteidigen hatte und dessen Versagen das Überleben des Stammes hätte gefährden können. Heute weiß jedes Kind und jeder Staatsmann, daß ein Krieg nicht gewonnen werden kann, daß das zu Verteidigende, indem es verteidigt zugleich geopfert wird. Zieht aber der einzelne aus diesem Wissen die Konsequenz für sein eigenes, einzelnes Leben, verstößt er gegen herrschendes Recht, wenigstens aber gegen herrschende Moral.
Wenn die Männer auf die Fahnen ihrer Vaterländer vereidigt werden, sind sie in der Regel 18 oder 19 Jahre alt, eben aus der Schule oder aus der Lehre entlassen. Können sie, aufgewachsen in der längsten europäischen Friedenszeit, wirklich ermessen, worauf sie sich da vereidigen lassen?
Wäre ich als Mann geboren, könnte ich im Ernstfall noch eingezogen werden. Ich habe nie darüber nachdenken müssen, wie ich mich zu solchem Umstand verhalten würde. Wenn ich aber ernst nähme, was ich gelegentlich von mir behaupte, nämlich, daß ich am ehesten Anarchistin bin, dann müßte ich mich solchem staatlichen Anspruch verweigern. »Wer in der Meinung«, schrieb Erich Mühsam, »damit seiner Idee dienen zu können, die Waffe gegen einen widerstrebenden Nebenmenschen erhebt, verletzt die Grundidee des Anarchismus, die Ge-

waltlosigkeit.« Und: »Der Anarchist geht keine freiwilligen Verpflichtungen ein, die ihn in seiner Selbstbestimmung beeinträchtigen oder ihn einer Autorität unterwerfen können.« Von allen Utopien war mir die der Anarchisten immer die liebste.
Was hier seit einigen Tagen geschieht, liegt jenseits aller Utopie. Es ist, wie sich herausgestellt hat, polizeilich verboten, freiwillig an einer Demonstration zu Ehren von Karl Liebknecht und Rosa Luxemburg teilzunehmen und dabei Aussprüche der zu Ehrenden als Losungen zu tragen. Freiheit ist immer nur die Freiheit des anders Denkenden. Hätte es eines Beweises für die Richtigkeit dieses Satzes bedurft, hier ist er geliefert worden: Wie und durch wen eine historische Persönlichkeit zu ehren ist, entscheidet die Polizei; dem anders Denkenden wird dieses Recht veweigert. Wer solcher Anordnung zuwiderhandelt, wird wegen unerlaubter Zusammenrottung angeklagt. Was haben die Sozialdemokraten unter Bismarck getan? Sie haben sich – in der Sprache der Mächtigen – zusammengerottet. Die Spartakisten nach dem Ersten Weltkrieg? Sie haben sich zusammengerottet. Die Kommunisten in der Weimarer Republik? Zusammengerottet. Und eben die damals Verfolgten beschuldigen heute andere, sich zusammenzurotten, weil diese still und friedlich eine Frau ehren wollten, deren Begriff von Freiheit Ausdruck ihrer eigenen Sehnsucht ist. Wem gehört Rosa Luxemburg? Ganz sicher nicht der Polizei. Wie es meinen Löwenkäfiggefühlen geht, muß ich Ihnen ja wohl nicht mehr schreiben.

Mit herzlichem Gruß,
Ihre Monika Maron

München, den 12. Februar 1988

Liebe Monika Maron,
vielen Dank für Ihre Worte über das Militär. Das ist vermutlich der Ton, den die Herren eher akzeptieren. Mir fällt es schwer, derart sachlich und kühl zu bleiben. Und ich bin auch nach wie vor der Ansicht, daß man das in Briefen am wenigsten tun muß.

Sie erwähnen, daß meine Kapriolen Sie gelegentlich geärgert haben. Das war ja auch jedes Mal deutlich genug zu merken. Doch weiß ich bis heute nicht: War das allein Ihr Privatpersonen-Ärger, oder spielt vielleicht auch eine DDR-typische Verärgerung mit hinein? Die Frage wird Sie wieder ärgern, aber ich will's wirklich wissen. Zu Beginn unseres Briefwechsels haben Sie sich schon einmal dagegen verwahrt, mit der heimatlichen DDR identifiziert zu werden, und haben auf Ihre Individualität gepocht. Ich kann ja diese Schubladen auch nicht leiden: *typisch Mann, typisch Frau, typisch norddeutsch, typisch süddeutsch, typisch bundesdeutsch, typisch DDR.*

Typisch deutsch ist hier übrigens im Augenblick ein beliebter Vorwurf, den (typisch deutsche?!) Kritiker (projizierend?!) gebrauchen, wenn ihnen Bücher, Bilder oder Theateraufführungen zu ernsthaft sind. Das trifft. Wer will schon typisch deutsch sein.

Trotzdem: Manche Mitleser unserer Briefe, die die DDR nicht schlecht zu kennen glauben, fanden Ihre Empfindlichkeit, mit der Sie auf mein Geflapse reagierten, typisch. Da ich den Briefwechsel seinerzeit mit dem stürmischen Drang antrat, etwas über die verwandten Nachbarn zu erfahren, interessiert mich Ihre Ansicht hierzu. Gibt es das: eine spezifische DDR-Empfindlichkeit gegenüber gewissen westlichen Tönen?

Ich bin übrigens zähneknirschend bereit, an mir selbst durchaus typisch bundesdeutsche Züge zu diagnostizieren. Vielleicht liegt die Angst zugrunde, typisch deutsch zu sein, die einen schließlich typisch bundes- oder westdeutsch werden läßt. Aus Angst vor deutschem Pathos und deutscher Schwere wird man womöglich leicht und schnoddrig; und auch die Politik mag man nicht mehr so richtig ernst nehmen, sondern sieht darin zunehmend ein lächerliches Spektakel. Aufrechte Bürger finden diese Tendenz natürlich bedenklich. Kann es sein, daß auch Ihnen diese, sagen wir mal: frivole Lebenseinstellung gelegentlich auf die Nerven ging und geht?

Das könnte ich gut verstehen. Mir selbst geht sie auf die Nerven. Ich bin zwar gern ihr Opfer, aber nur bis zu einem gewissen Grad. Es gibt immerhin noch eine Menge Dinge, die ich ziemlich ernst nehme. Und wenn ich in Rage gerate über die Esoterik-Mode, über ein besonders scheußliches Exemplar von Politiker oder auch nur über ein häßliches Bauwerk oder Weinglas, dann kann ich es nicht verstehen, wenn man meine Entrüstung nicht teilt, sondern sich über sie amüsiert und mir sagt, es lohne sich doch nicht, sich derart aufzuregen.

Hier ist alles sehr schnell abgegriffen. Noch kann man mit guten Argumenten die New-Age-Bewegung verspotten, aber übermorgen ist auch der Spott darüber ein alter Hut. Und weil es das Allerletzte ist, *typisch deutsch* zu sein, dürfte eben das Bekenntnis zum Deutschsein bei den Vorreitern des Zeitgeistes schon bald zum letzten Schrei gehören. Wenn viele, auch junge Leute aus der Bundesrepublik ein sentimentales Verhältnis zur DDR haben, dann liegt es wohl nicht nur an den Dorfstraßen und den Alleen mit Pferdeäpfeln, sondern auch daran, daß man sich vom Tempo oder der Umschlaggeschwindigkeit des hiesigen Zeitgeistes erholen will und kann. So beneide ich Sie fast, daß Sie sich unverblümt zum Anarchismus bekennen können. Es ist *typisch bundesdeutsch*, daß ich das nicht kann. Wie Ihnen ist mir der Anarchismus unendlich sympathisch, und dennoch könnte ich mich nicht wie Sie dazu bekennen. Und zwar deswegen nicht, weil jeder bessere Literat und Künstler in jedem besseren Interview be-

hauptet, er sei im Innersten ein Anarchist. Und wenn er den dicksten Mercedes hat. Ganz egal. Bis in die Mitte der sechziger Jahre konnte man das noch sagen. Das löste noch etwas aus. Heute ist es hier zur leeren Formel geworden. Bei Ihnen in der DDR offenbar nicht. Das sind die kleinen seltsamen Dinge, die uns trennen. Die habe ich durch Ihre Briefe kennengelernt, und ich hoffe, daß Sie bei diesem Briefwechsel nicht immer nur das Gefühl hatten, etwas mitteilen zu müssen, sondern daß Sie durch mich auch etwas erfahren haben, obwohl Ihnen die Bundesrepublik nicht unbekannt ist. – Das klingt schon salbungsvoll nach Schlußwort, wo wir doch noch ein paar Briefchen wechseln wollen.
Ich bin gar nicht auf die infamen Verhaftungen und auf die Abschiebungen eingegangen, die in Ost-Berlin praktiziert werden. Das ist nun eine andere Art von *typisch DDR.* Diese Politbonzen wollen einfach nicht kapieren. Wie lange brauchen die denn noch, bis sie es nicht mehr wagen, sich derart widerlich zu benehmen? Es fällt mir auf, daß die hiesigen Stellungnahmen nicht gerade vor Zorn funkeln. Das wäre früher nicht der Fall gewesen. Da gab es noch mehr alte Reaktionäre, die mit schrillen ungebetenen Worten die Verhafteten in Schutz nahmen. Das waren noch Zeiten. Mittlerweile könnte eine allzu scharfe offizielle Verurteilung der DDR-staatlichen Übergriffe das politische Klima stören. Oder ist man hier nun auch schon auf seiten der Politik der ewigen Kritik an der DDR überdrüssig? Oder ist man am Ende so schlau, unfeine Methoden in der DDR lieber nicht allzu laut zu verdammen, da man im eigenen Land mit harmlosen Demonstranten und Sitzblockierern auch nicht gerade zimperlich, sondern höchstrichterlich umgeht?

Gruß, Joseph Westphalen

Berlin-Pankow,
den 19. Februar 1988

Lieber Joseph von Westphalen,
Sie wissen, was zwischen meinem letzten und diesem Brief hier passiert ist, und wenn Sie erwarten, ich könnte Ihnen Aufschluß geben über die wirklichen Hintergründe des unglaublichen Geschehens, muß ich Sie enttäuschen. Ich sitze fassungslos inmitten der Ereignisse und frage mich die sinnloseste aller Fragen: Was denken die sich dabei? Ein Teil der Jugend will auswandern, ein anderer wird rausgeschmissen. Da muß sich die Regierung, wie Brecht ihr vor 35 Jahren schon anriet, eines Tages wohl tatsächlich ein neues Volk wählen.

Ausgerechnet dem vorbestraften Grafen Lambsdorff, ausgerechnet dem, legt Erich Honecker Rechenschaft ab über die tatsächlichen Gesetzesverletzungen durch die Inhaftierten. Ich bin auch ein Gesetzesverletzer, allein weil ich Ihnen diesen Brief schreibe. Die Gesetze entscheiden, wer ein Gesetzesverletzer ist, und würde man morgen das Brotessen in der DDR gesetzlich verbieten, dann wären wir eben ein ganzes Volk von Gesetzesbrechern.

Herr Ceausescu, der die Gesetze seines Landes und deren Auslegung selbst bestimmt, kann kein Gesetzesverletzer sein und bekommt darum von der Regierung der DDR den Karl-Marx-Orden verliehen, ausgerechnet diesen.

Und der bayerische Herr Gauweiler, ausgerechnet der, scheint meiner Regierung der richtige Partner für eine gemeinsame Aids-Forschung zu sein. Die Regierung spricht mit jedem, er kann gar nicht anrüchig genug sein, nur mit der eigenen Jugend spricht sie nicht. »Sie betrügen uns um die Gegenwart, und damit töten sie die Zukunft«, hat Uwe Kolbe in seiner Erklärung zu den Verhaftungen geschrieben, Uwe Kolbe, geboren 1957, Lyriker der DDR, z. Zt. Worpswede,

BRD. – Wäre das nicht ein Brief an Sie, sondern an den Staatsratsvorsitzenden der DDR, würde ich fragen: Was, Herr Honecker, wollen Sie beim nächsten Mal tun? Oder glauben Sie, auch nur der geringste Teil des Problems sei nun gelöst? Sie hätten die dreitausend, allein in Berlin, abschieben müssen, die in die allabendlichen Fürbittgottesdienste gegangen sind; und danach die fünftausend, die dagegen protestiert hätten, und danach die nächsten und die nächsten. Oder Sie werden mit ihnen sprechen müssen. Sprechen Sie mit ihnen, wie mit Ihren anderen Gesprächspartnern auch, über den Frieden. Sprechen Sie mit ihnen über den Frieden in unserem Land. »Wir wollen uns begegnen, und wir wollen auch erlernen, wie wir uns begegnen können«, haben Sie dem Grafen Lambsdorff gesagt. Schließen Sie den Teil der Jugend, dessen Ideale von den Idealen Ihrer eigenen Jugend nicht weit entfernt sind, von solcher Toleranz nicht aus. – Das würde ich ihm schreiben, nähme ich nicht an, daß er auf diese nächstliegende aller Möglichkeiten selbst gekommen ist. Wenn er das Gespräch trotzdem nicht sucht, wird er es wohl nicht wollen.

Dann aber frage ich mich, was sich viele fragen – und zwar nicht nur die anders Denkenden, sondern einfach die Denkenden –, wohin die katastrophale Konzeptionslosigkeit im Umgang mit den nächsten Generationen führen soll. Die letzten beiden Wochen haben mehr offenbart als die sinnlose Rigorosität der Sicherheitsorgane. Als im November 1976 Wolf Biermann ausgewiesen wurde, haben zwölf namhafte Schriftsteller der DDR eine Bittschrift verfaßt, die später von etwas mehr als hundert Personen unterschrieben wurde. Jetzt, elf Jahre später, haben sich in dreißig Städten des Landes Abend für Abend Tausende versammelt, um ihre Solidarität mit den Verhafteten zu demonstrieren.

Eine Resolution der Schriftsteller hat es diesmal nicht gegeben, und dieser Umstand, wie immer man zu ihm steht, hat gezeigt, daß sie auch nicht gebraucht wurde. Die in den Kirchen Versammelten sind ohne Galionsfiguren ausgekommen. Sie haben niemanden gebraucht, der ihren Protest für sie arti-

kulieren mußte. Sie haben begonnen, etwas zu lernen, was in diesem Land schwer zu erlernen ist, nämlich über ihre unterschiedlichen Auffassungen und Ziele zu streiten und trotzdem miteinander zu gehen.
Es wurde in den Gottesdiensten dieser Tage viel von Ohnmacht und Angst gesprochen. Ich glaube, so berechtigt solche Gefühle sind, so viel Grund haben die, die den Protest getragen haben, von ihrer Macht, vor allem aber von ihrem Mut zu sprechen. Mut aber, denke ich, hoffe ich, ist ansteckend. Wo ein Mutiger ist, könnte bald ein zweiter sein; und wo zwei Mutige sind, vergißt ein Ängstlicher seine Angst. Dann rufen schon drei: Der Kaiser ist ja nackt. Denn daß der Kaiser keine Kleider hat, ist das eigentliche Problem. Was, außer der Staatsräson, soll überhaupt verteidigt werden, wenn sich von Strauß und Kohl über Vogel bis zu Honecker letztlich alle darüber einig sind, daß der Status quo gewahrt bleiben muß, im Namen eines imaginären Friedens; und wenn gleichzeitig den Grünen, diesen Friedensstörern, die Einreise zu ihren Freunden von der hiesigen Friedensbewegung verweigert wird. Wer ist da wessen Feind? Sie jedenfalls sind meiner nicht.

Mit herzlichem Gruß, Monika Maron

PS.: Dabei könnte der Kaiser Kleider haben, er will sie nur nicht, die Moskauer Modelle in den Farben Glasnost und Perestroika.

München, den 26. Februar 1988

Liebe Monika Maron,
der neuerliche DDR-Ausbürgerungsschub erinnert mich daran, daß ich erst sehr spät kapiert habe, warum sich Ausgebürgerte gegen ihre zwangsweise Abschiebung zur Wehr setzen. Daß dies einen Verlust von Heimat und Freunden ist, das war mir schon dunkel bewußt; trotzdem, dachte ich, warum sind die nicht heilfroh, endlich draußen zu sein. Und ich glaube, so dachten hier viele. Denn wenn wir als Schulkinder in den fünfziger und sechziger Jahren den Adenauerschen Antikommunismus auch nicht mitmachten, weil uns aus einem sicheren Instinkt heraus Autoritäten aller Art verdächtig waren, so waren wir von den Einflüsterungen des Kalten Krieges doch soweit infiziert, daß wir die DDR für ein dunkles Verlies hielten, aus dem jeder normale Mensch zu entkommen suchen muß. (Dieses Vorurteil zu bestätigen, wird die DDR bis heute nicht müde!) Daß DDR-Sportler bei Wettkämpfen im Westen nur vereinzelt und nicht geschlossen um Asyl baten, war uns ganz unbegreiflich und zeigte, daß doch ein reines Straflager dort drüben nicht sein konnte. Wolf Biermann hat uns dann später endgültig deutlich gemacht, daß Ausbürgerung auch eine Strafe ist.
Aber so richtig nachfühlbar ist all das nur auf Umwegen. Was hier im Westen verloren werden kann, wenn man allzu aufmüpfig ist, das ist nicht die Staatsbürgerschaft, sondern die Arbeit oder der Tätigkeitsbereich. So wehrten sich einst die Lehrer (mit wenig Erfolg) gegen das Berufsverbot. Wie jetzt die kritischen Geister bei Ihnen in der DDR wollten sie im fehlerhaften System bleiben, um es zu verbessern. Das ist eine Weile her. Auch in den Funkhäusern saßen und sitzen noch immer genügend Leute, die von ihrem Sender so viel halten wie Sie von der DDR, die aber ihr Aushalten sinnvoll finden, um im glatten Ablauf für Widerstände zu sorgen.

Die hiesigen Medien sind natürlich nicht so repressiv wie die DDR und clever genug, zu wissen, daß sie Kritik brauchen. Es besteht geradezu eine Sehnsucht nach bissigen Beiträgen. Beißt man aber heftiger zu als erbeten, muß man aufpassen. Man wird nicht ins Nachbarland geschoben, aber doch in eine Ecke, in eine kleinere Nische, wo man nicht so viel an- und ausrichten kann. So hat zum Beispiel der gelegentliche Überschwang meiner Feder schon ausgereicht, mir den Zugang ins Kanzleramt zu versperren, das ich liebend gern porträtiert hätte. Die Mechanismen, mit denen die Aufmüpfigkeit hier eingeschränkt wird, sind gegenüber den DDR-Holzhammermethoden geradezu kultiviert.
Sie greifen das Bild von des Kaisers neuen Kleidern auf und knüpfen die Hoffnung daran, es werden die Mutigen mehr werden, die die Nacktheit der Herrscher erkennen und ausrufen. Im Märchen ruft ja schließlich das ganze Volk, und der Kaiser hat es gar selbst begriffen, doch geht er unbeirrt weiter. Dieser Zustand ist bei uns schon fast erreicht. Die Stimmen der Vernunft (nämlich die Fähigkeit, die Nacktheit zu benennen) haben hier in den letzten Jahren erfreulich zugenommen, und das haben wir nicht zuletzt Präsidenten wie Lübke, Kanzlern wie Kohl und Ministern wie Strauß zu verdanken, die durch ihre unvergleichliche Art die Kritiker enthemmt haben. In den allerobersten Etagen hat sich die Erkenntnis noch nicht so sehr durchgesetzt oder ist wieder verschüttgegangen. Aber wir sind ja in dem schönen Alter, wo unsere Freunde immerhin Richter, Anwälte, Fachärzte, Museumsdirektoren, stellvertretende Chefredakteure guter Zeitungen, Redakteure beim Funk, Professoren und Künstler aller Art sind. Bis in diese Schicht immerhin ist die Erkenntnis der herrschenden Nacktheit schon vorgedrungen. Wenn man mit solchen Leuten über Politik diskutiert oder gar, was ein beliebtes Vergnügen ist, die Fernsehnachrichten verfolgt und die O-Töne unserer ungekrönten Häupter vernimmt, all die Kanzlerstilblüten, die windigen Statements der Präsidenten aus Österreich oder den USA oder das Honeckergegacker – dann entlädt sich auch im erlauchten Kreis der intellektuellen Elite kräftig die

Stimme der Vernunft; es ertönt das große Johlen, und alle greifen sich an den Kopf. Allen ist klar, daß die Innen- oder Außen- oder Landes- oder Weltpolitik hochgradig irrational ist. Die nackte Tatsache, daß nämlich der Wahnsinn waltet, wird klar erkannt und ungeniert ausgerufen. Aber damit hat sich's dann auch; die Erkenntnis dringt nicht nach außen. Daß alle Mächtigen verrückt und verkommen sind, kann man weder schreiben noch senden. Da gibt es Sperren, auch innere. Es ist ja auch nichts Neues. Die Stimme der Vernunft klingt so naiv und unglaubwürdig, das ist das Fatale. Die herrschende Scheinvernunft klingt irgendwie nicht so naiv. Die Forderung der Nato-Verteidigungsminister nach »Modernisierung der Kurzstrecken-Systeme zu gegebener Zeit« entspringt einem völlig irrationalen Denken, wie wir alle wissen, dem Denken von Wahnsinnigen, aber es mutet einfach weniger naiv an als die völlig vernünftige Forderung, »Schwerter zu Pflugscharen« umzuschmelzen.
Ich denke, es fehlt deswegen an Mut, die nackte Wahrheit zu benennen, weil es an Sprache fehlt. Die Vernunft braucht dringend eine neue, eine unsentimentale, eine schroffe, harte Sprache, um sich durchzusetzen, um die Kaiser wirklich in Not zu bringen und in die Flucht zu schlagen.
Nun kann man von Ost-Berlin aus nach München durchrufen. Und so sagten Sie mir am Telefon, Sie wollten nicht mehr länger Briefe wechseln. Es gab ja genug Leserbriefe, die mir prophezeiten, daß Sie bald keine Lust mehr haben würden, auf mein unerträglich unbetroffenes Geschwätz zu antworten. Ich erlaube mir die Vermutung, daß dies allein der Grund nicht sein kann. – Wie geht es weiter mit Ihnen? Es grüßt sie also das vorletzte Mal, öffentlich zumindest,

Ihr Joseph Westphalen

Berlin-Pankow,
den 4. März 1988

Lieber Joseph von Westphalen,
obwohl ich durch jahrzehntelanges Training gelernt habe, die allmorgendliche Lektüre des *Neuen Deutschland* ohne anhaltende Depressionen und geistige Verwirrung zu überstehen, wurde mein seelisches Gleichgewicht heute durch einen Kommentar auf der Seite zwei besagten Presseerzeugnisses doch nachhaltiger gestört, als ich es noch für möglich gehalten hätte. »Wer steuert die sogenannte DDR-Opposition?« wurde in der Überschrift des Artikels gefragt, und die Antwort darauf wurde in einem Vokabular erteilt, das vorwiegend aus Begriffen bestand wie: Verräter, Gegner, Geheimdienste, Aufweichung, Zersetzung, feindliche Kräfte, hetzen, verleumden, Besessenheit, BRD-Geheimdienste. Mehr müßte ich Ihnen darüber eigentlich gar nicht schreiben, hätte der anonyme Verfasser seinen demagogischen Eifer im letzten Absatz nicht als »handfeste Beweise« ausgegeben und daraus abgeleitet: »Sie (die handfesten Beweise, M. M.) sollten deshalb von allen, die es angeht, ernst genommen werden. Zugleich sollten sie all jene überdenken, die immer noch glauben, sich für solche Kräfte, aus welchen Motiven auch immer, innerhalb und außerhalb unseres Landes engagieren zu müssen.«
Also auch ich. Ich war zu dieser frühen Morgenstunde aufgerufen, meine Tendenzen zur Aufweichung und Zersetzung des Sozialismus, schlimmer noch: meine gewollten oder ungewollten Beziehungen zu allen möglichen Geheimdiensten (natürlich nicht zu denen meines eigenen Landes, von denen ich mich jederzeit zuverlässig beschützt weiß) ernst zu nehmen und zu überdenken.
Nach der ersten Tasse Kaffee fühlte ich mich der Aufforderung halbwegs gewachsen, las dieses Elaborat beängstigender

und schlechter deutscher Sprache noch einmal und stieß in einer Passage über ehemalige DDR-Bürger, »die ins Lager des Gegners übergewechselt sind«, auf die Formulierung: »... nachdem ihre rechtswidrigen, gegen die DDR gerichteten und anderen Aktivitäten entlarvt und sie dafür zur Verantwortung gezogen wurden.« Mit meinem noch schlafvernebelten Kopf begann ich, nach der zweiten Tasse Kaffee, darüber nachzudenken, was der aufgebrachte Schreiber wohl mit den »anderen Aktivitäten« gemeint haben könnte. Vielleicht reichte es schon aus, die Zeitung mit so angewiderten Gefühlen zu lesen, wie ich es gerade tat, aber, sagte ich mir, das zu ertragen war ja eher eine Passivität. Eine Aktivität könnte es aber schon sein, wenn ich beim Einkaufen nach frischem Gemüse fragte; das käme sicher schon einer Provokation oder – gesetzt den Fall, ich fragte an zwei aufeinanderfolgenden Tagen danach und auch noch in Begleitung einer Freundin – sogar schon einer Kampagne gleich, die, wie ich dem Artikel entnehmen konnte, nur darauf abzielte, von »der Erzielung weiterer Fortschritte auf dem Gebiet der Abrüstung abzulenken, die Dialogpolitik der DDR in der internationalen Öffentlichkeit in Frage zu stellen, sich in innere Angelegenheiten der DDR einzumischen ...«
Um Gottes willen, wie käme ich dazu, mich in die inneren Angelegenheiten der DDR einzumischen, was gehen die mich an. Und wenn meine Frage nach frischem Gemüse die Abrüstungspolitik gefährden könnte, will ich sie nie wieder stellen, nahm ich mir vor. Überhaupt war unter solchen Umständen zu überlegen, ob man solche »anderen Aktivitäten« – da man ja unmöglich wissen konnte, welche alle zu den gefährlichen zählten – überhaupt unterlassen sollte, wenn sie für die gesamte Menschheit so furchtbare Folgen haben könnten.
Wahrscheinlich, dachte ich, wäre es das Beste, gleich wieder ins Bett zu gehen, jede Aktivität zu vermeiden und abzuwarten, bis sich die Politiker aller Länder vereinigt hätten und mir den Weltfrieden wie ein Frühstück am Bett servierten. Das wäre das Sicherste, dachte ich. Nur ab und zu würde ich leise aufstehen, still und heimlich ein paar Sätze aufschreiben, mit

denen ich, solange sie außer mir niemand las, den Frieden unmöglich stören könnte. Langsam, nach der dritten Tasse Kaffee, kam ich wieder zu mir, schnitt zur Erinnerung an schlechte Zeiten diesen morgendlichen Schrecken aus dem ihn umgebenden Papier, legte ihn zu dem übrigen und suchte Trost bei Victor Klemperers *LTI*.

Das auch zur Sprache der Vernunft, in deren Härte und Sauberkeit Sie soviel Hoffnung setzen. Als hätte es die nicht immer auch gegeben, selbst in den Jahren der Lingua Tertii Imperii.

Mit diesen trüben Gedanken verabschiede ich mich aus unserem Briefwechsel; zum einen, weil ich an meinem neuen Buch weiterschreiben will und muß, ohne durch die Kurzatmigkeit der Briefe, deren Zeilen mir in die Schreibmaschine gezählt sind und in denen ich auf höchstens drei Seiten einen Anfang und ein Ende, dazu Anrede und herzliche Grüße unterbringen muß, gestört zu werden. Zum anderen fällt mir nichts mehr ein, was ich Ihnen schreiben möchte. Und da wir den Versuch, einen kontinuierlichen Dialog miteinander zu führen, aufgrund unserer verschiedenen Temperamente schon vor einigen Monaten aufgeben und uns aufs Berichten beschränken mußten, kommt meine Einfallslosigkeit für mich einem Ende gleich. Die Idee war ja wirklich gut, vielleicht finden sich andere, die ihr zu größerer Vollkommenheit verhelfen.

Mit den besten Wünschen und den letzten herzlichen Grüßen,

Ihre Monika Maron

München, den 11. März 1988

Liebe Monika Maron,
ein trüber Brief, den Sie mir da zum Abschied geschrieben haben, wahrhaftig kein gläubiges Fürbitt-Geklampfe! Dafür bin ich Ihnen dankbar. Wenn die Kirche den Schäflein ihre Brust zur Verfügung stellt, bekomme ich immer eine Gänsehaut; und natürlich auch ein schlechtes Gewissen wegen dieser Gänsehaut. Denn froh sein muß man ja eigentlich darüber. Ich deute Ihre Haltung vielleicht richtig, wenn ich sie als innere Emigration verstehe? Ich stelle mir vor, daß Sie weniger denn je Lust haben, in den Westen zu gehen, um hier, als Bürgerrechtlerin mißverstanden, 14 Tage lang vermarktet und dann beiseite gelegt zu werden. Aber die geläufigen Formen des Protests dürften es Ihnen auch nicht angetan haben. Möglicherweise tue ich Ihnen Unrecht, aber ich kann mir Sie beim besten Willen nicht in einem Gotteshaus vorstellen. Eine Absenz, die ich verstünde. Ich finde die Kernspalterei und ihre Folgen noch perverser als etwa die heilige Inquisition, aber ich reiße mich nicht danach, bei einer Demonstration am Bauzaun von Wackersdorf teilzunehmen, die ich doch sehr wichtig finde. Doch es ist nicht nur Faulheit. Das Händchenhalten in einer Menschenkette ist gut und schön und nützlich; es ist sogar ein außerparlamentarisches Druckmittel – aber es ist immer *auch* peinlich. Man darf das eigentlich gar nicht sagen. Und es mag unklug sein, nun auch noch an den Formen des Widerstands herumzunörgeln, anstatt begeistert mitzumachen. Aber eben das *Mitmachen,* dieses *Sicheinreihen* löst bei mir Krampfzustände aus.
Daher kann ich es trotz unserer angeblich verschiedenen Temperamente gut verstehen, wenn Sie einfach Kaffee trinken und das *Neue Deutschland* wütend gegen den Strich lesen. Wo alles nach Happy-End und Optimismus lechzt, beschreiben Sie sich da als eine Art Beckett-Figur, die sich auf

der Bühne eines Kellertheaters in eine Mülltonne zurückzieht. Mit diesem Tableau lassen Sie im Kopf des hiesigen Lesers ein gruseliges DDR-Bild zurück, das nicht in die Aufbruchstimmung paßt und das ja wohl der Wirklichkeit entspricht. Gut so.

Ihr Sarkasmus erlaubt immerhin die Annahme, daß der Geschichtsdoktor Kohl sich doch nur versprochen hat, als er vor gar nicht allzu langer Zeit die DDR mit einem KZ verglich. Die DDR ist wohl doch nichts anderes als ein sehr schlechtes absurdes Theater. Sie jedenfalls, liebe Freundin, scheinen nach wir vor die Kraft zu haben, die DDR-Darbietungen als ein solches betrachten zu können.

Zwar habe ich Verständnis dafür, bedaure es aber doch sehr, daß Sie keinerlei Resümee aus unserem Pingpong gezogen haben. Ich habe keinen blassen Schimmer, ob Ihnen unser wenig zärtliches Techtelmechtel irgend etwas eingebracht hat, außer daß Sie sich gelegentlich über mich geärgert haben. Ob man sich wenigstens an höherer DDR-Stelle über *Sie* geärgert hat? Das wäre ja auch schon was. Wenn man hier als Autor jemanden attackiert, und man erfährt (meistens hintenherum), daß der sich geärgert hat, dann ist das bei dem Ausmaß der als Toleranz getarnten waltenden Gleichgültigkeit und Dickfelligkeit schon eine Sternstunde in dem an Wirkungen nicht eben reichen Autorendasein.

Ein Wort, an dem die Politiker zur Zeit besonders frömmelnd herumlutschen, ist der »Dialog«. Dialogfähig muß man sein, was in der Sprache der Kritik heißt, daß man zum Schmieden des Komplotts bereit sein muß wie auch zu seiner Bemäntelung. Ich finde, rückblickend, es ehrt uns, daß wir das Spiel nicht mitgemacht haben, daß wir bockig monologisiert haben, anstatt versöhnlich herumzutuscheln. Unsere Mißverständnisse und unser aneinander Vorbeireden ergeben letztlich auch eine Aussage, die ich übrigens so deprimierend nicht finden kann. Ich hoffe, Sie empfinden es nicht als ungebetene Umarmung, wenn ich das Gefühl habe, daß zwischen uns ein solider Konsens besteht: Unsere Meinung über die Obrigkeit dürfte so ziemlich identisch sein, nämlich vernichtend. Im-

merhin in diesem Punkt besteht bei uns beiden, und wohl auch bei einigen anderen Leuten, eine gesamtdeutsche Einigkeit. Nur reagieren wir verschieden. Dabei fand ich amüsant, daß Ihre verhaltene Kritik vom Gros der hiesigen Leser als »klug und sensibel« anerkannt wurde, während mir von der (etwa Zwei-Drittel-)Mehrheit der allwöchentlich eintrudelnden Leserbriefe das »naßforsche Ventilieren« meiner »Ressentiments« oder Ähnliches vorgehalten wurde.
So habe ich kurioserweise dadurch, daß unser Briefwechsel öffentlich war, durch die hiesigen Reaktionen mehr über die Bundesrepublik erfahren als über die DDR; genauer: über Westdeutschland; denn bezeichnenderweise waren unter den Bergen von Leserbriefen verschwindend wenige aus West-Berlin dabei. Was nun der westdeutsche Bildungsbürger ganz und gar nicht mag, das weiß ich besser als zuvor. Auch war mir neu, wie weit hier die Arme der DDR gegenüber geöffnet sind und aus welchen Gründen.
Die DDR ist mir eigentlich noch rätselhafter geworden, als sie es vor Beginn unseres Briefwechsels war. Ich habe noch mehr Fragen, jetzt aber differenziertere. Was kann ich mehr verlangen. Sie haben mir klargemacht, daß es naiv ist, Antworten zu erwarten.
Ich möchte Sie gern besuchen kommen. Ohne Fragen. Nur so. Aus Neigung. Mit einer Flasche Whisky, mit Zigaretten, das Übliche. Paßt es vor Pfingsten? Ich rufe Sie an und küsse einstweilen Ihre Hand, Madame, ja, das blöde Modewerden dieser alten Sitte wird mir dieselbe nicht vergällen. Bis bald,

Ihr Joseph Westphalen

Antonia Grunenberg

Ein schwieriges Gespräch

Es war eine reizvolle Idee, die Monika Maron und Joseph von Westphalen eher zufällig zusammenbrachte; und sie war fällig. Seit Jahren schon tummeln sich die Kulturschaffenden der DDR auf dem Schauplatz Bundesrepublik, greifen nachhaltig ins kulturelle Ambiente ein und tun so, als fühlten sie sich hier wie zu Hause. Da wird man wohl fragen dürfen, was denn Deutschland Ost von Deutschland West noch trennt.

Viele Schriftsteller/innen der DDR sind zugleich Schriftsteller/innen der Bundesrepublik. Sie sind dies auf unterschiedliche Weise: indem sie hierzulande in Lizenz gedruckt werden; indem sie ihre unbequemen Bücher hier und nicht dort herausbringen – oder indem sie überhaupt nur hier veröffentlichen, in der DDR also »Geisterautoren« sind, nicht-existente Personen der dritten Art. Es gibt eine ganze Menge davon.

Schaut man sich Theater, Film und Fernsehen an: Wie viele namhafte Autoren, Regisseure, Schauspieler stammen aus der DDR. Es ist schon nicht übertrieben, wenn der Dramatiker Heiner Müller mit der ihm eigenen Arroganz einmal sinngemäß sagte: Ohne die DDR-Akteure könnte die bundesrepublikanische Kulturszenerie einpacken.

Die DDR – ein Weltstaat; ihre Kulturproduzenten Kosmopoliten?

In den fünfziger Jahren wäre man für diese Utopie im Westen verlacht und im Osten verhaftet worden.

Und es ist ja nicht nur die DDR-Präsenz im Westen. Weniger geballt, aber doch unübersehbar hat die Rezeption der bundesrepublikanischen Kultur, der Westkultur, in der DDR begonnen. Ein paar Schlaglichter:

1987 fand die erste Sammelausstellung bundesrepublikanischer Avantgardekunst der sechziger und siebziger Jahre in der DDR statt: »Positionen der Malerei aus der Bundesrepublik Deutschland«. Vertreten waren u. a. die Künstler Gerhard Richter, Gotthard Graubner, Günter Uecker. Zehntausende von Besuchern strömten in die Ausstellung. – Im gleichen Jahr trat das Tanztheater der Pina Pausch aus Wuppertal in Ost-Berlin und Dresden auf. Die Kunsthalle Rostock veranstaltet seit ein paar Jahren regelmäßig Ausstellungen von bundesrepublikanischen Künstlern, zuletzt Hans Platschek.

Heinrich Böll und Günther Grass werden verlegt, aber auch Nicolas Born. Die West-Präsentation im Osten ist längst nicht so vollständig wie die DDR-Präsentation in der Bundesrepublik. Die DDR veranstaltet mittlerweile große Festivals im Westen, um »ihre« Kultur unter die Leute zu bringen (z. B. die »Duisburger Akzente«).

Demgegenüber tut sich – auch aufgrund der Zurückhaltung der DDR – die bundesrepublikanische Präsentation in der DDR noch schwer. Dennoch: die Grenzen sind fließender geworden.

Auch in der Politik und der Wirtschaft wird alles nicht mehr so verbissen gesehen. Erich Honecker trifft Franz Joseph Strauß ebenso wie Udo Lindenberg und den vorbestraften Graf Lambsdorff. Mit der CDU läßt sich genauso gut verhandeln wie mit der SPD – nur mit den Grünen noch nicht, weil die immer so laut auf die Menschenrechte pochen.

Eines Tages wird vielleicht eine Abordnung der Volkskammer eine Gast-(Schau-)Sitzung im Bundestag abhalten, und die hiesigen Parlamentarier werden mit einer Rede des Präsidenten und unter rauschendem Beifall der Abgeordneten in der Volkskammer empfangen. Wer weiß?

Und schließlich: Wenn einmal öffentlich aufgelistet würde, was hierzulande alles verkauft und konsumiert wird, aber in der DDR hergestellt oder zusammengefügt wurde, würden sich die Bundesrepublikaner ganz schön wundern:

Das fängt bei den IKEA-Möbeln an, die in der DDR montiert werden, geht über unseren Fleischbedarf, der zu einem er-

klecklichen Teil aus der DDR gedeckt wird (ganz zu schweigen vom Ausverkauf des erzgebirgischen Kunsthandwerks an den Westen), und reicht bis zu den preiswerten Textilien, die im Billiglohnland DDR hergestellt werden.
Scheinbar vermischt sich alles, die alten Gegensätze sind jedenfalls verschwunden; ade ihr Zeiten des kalten Krieges, in denen schwarz noch schwarz und rot auch wirklich rot schien. Jetzt ist alles meliert. Es fallen kaum noch harte Töne, und wenn, dann um dem Ritual zu genügen. Die Bürger dürfen reisen von hüben nach drüben und umgekehrt. Vielleicht haben ja die Konvergenz-Theoretiker doch recht, die behaupten, unter dem Druck der technologischen Innovationen würden sich die Gesellschaften einander annähern, und den politischen Systemen bliebe nichts anderes übrig, als nachzuziehen. Oder?
Jedenfalls war es an der Zeit (war es an der *ZEIT*), einmal zu fragen, wo denn überhaupt noch Unterschiede liegen.
Und die Briefpartner boten eine gewisse Gewähr dafür, diese furchtbar deutsche Frage in angemessenem Stil zu ventilieren.
Monika Maron: Jahrgang 1941, eine Frau mit einer erheblich politischen Vergangenheit, nicht nur der des Stiefvaters, der in den fünfziger Jahren Polizeichef und Innenminister war, sondern auch der eigenen. Selbstverständlich war sie in der Partei, aber wie bei vielen anderen gab es irgendwann auch bei ihr den Bruch, den Ausstieg aus einer vorgezeichneten Karriere und dann den Versuch, sich ein neues Leben zu schaffen, als Regieassistentin, als Studentin der Theaterwissenschaft, als Reporterin bei der Berliner *Wochenpost*. Schließlich wagte sie den Sprung ins freie Autorenleben, dies in mehrerlei Hinsicht, denn er war nicht nur mit dem Verlust des festen Gehalts verbunden und mit der Angst vor der eigenen Autorinnenexistenz, sondern bedeutete auch, das stellte sich im nachhinein heraus, die Übernahme einer Außenseiterrolle. Denn als das erste Buch *Flugasche* fertig war, erweckte es zwar Interesse bei den einheimischen Verlagen, aber letztendlich wollte es dann doch niemand haben. Nur der Westen griff zu.

Und von da an war Monika Maron eine Geisterautorin: in der DDR nicht existent, aber dort lebend – im Westen nicht präsent, es sei denn durch ihre Bücher. Das Spannungsverhältnis, das darin lag, hat die Kämpferinnennatur der Monika Maron geprägt.
Joseph von Westphalen, Jahrgang 1945. In den sechziger und siebziger Jahren politisch engagierter Student, war Westphalen danach Redakteur bei den inzwischen eingestellten *Westermanns Monatsheften*; heute schreibt er für verschiedene Zeitschriften.
Beide haben über mindestens zwanzig Jahre hinweg die politischen Geschehnisse in ihren Ländern bewußt miterlebt.
Dennoch ist – auf den ersten Blick jedenfalls – der Versuch eines deutsch-deutschen Dialogs fürchterlich »in die Hose« gegangen. Zeitweise schien es, als gingen die Partner wie die Vertreter zweier völlig verschiedener Kulturen miteinander um. »Das Tolle dran ist das Private«, schreibt Joseph von Westphalen am 14. August 1987 und freut sich über den deutsch-deutschen »Paarlauf«. Aber daran bestand auf seiten von Monika Maron gar kein Interesse. Nüchternheit herrscht vor, Informationsbereitschaft, aber kein Interesse am Geplauder.
Skizzieren wir noch einmal die Gesprächssituation:
ER will sie ausfragen, provozieren, animieren, liefert pausenlos Anekdoten, Hinweise, Anspielungen – er führt das Briefeschreiben vor. Sein erster fauxpas: das angebotene DU.
»Boutiquendu«, »therapeutisches Alternativdu«, gibt sie zurück; damit will sie nichts zu tun haben. SIE will sich eben nicht ausholen lassen, ist aber ansonsten auskunftsbereit, nur muß es das richtige Stichwort sein.
Während der nächsten Monate stellt sich heraus, daß er ständig haarscharf an ihr vorbeiplaudert. Er stochert im Nebel, und sie haut aus unvermuteten Ecken zurück. Im Grunde hätten sie sich vorher kennenlernen müssen, aber die DDR-Behörden standen dazwischen. Und als es schließlich doch möglich ist, ist es zu spät. Kühl schreibt er: »Unser Treffen war eigentlich noch bedeutungsloser (als die Zusammenkunft

zweier Heiratsannoncenpartner-AG), weil ja nicht die Hoffnung auf künftiges gemeinsames Lebensglück damit verbunden war.« (28. 8. 87) Daraufhin kontert sie: »Ich habe den Eindruck, es wäre Ihnen fast lieber gewesen, ich hätte hinter meiner Mauer sitzen bleiben müssen, um Ihnen die mühsam gebastelte Dramatik unserer Korrespondenz nicht zu stören.« (4. 9. 87) Sie muß so antworten, weil sie wieder die Querelen mit dem AMT hinter sich hat bringen müssen, während er sich gelassen auf das Treffen hatte einstellen können.

Die Empfindlichkeiten liegen auf der Hand, ja auf der Haut. Und Monika Maron nimmt jede Kränkung auf, warum auch nicht. Schließlich ist ein Briefwechsel etwas halb Privates und muß, will er über eine längere Strecke lustvoll geführt werden, auf einem gewissen Verständnis füreinander basieren.

Joseph von Westphalen schreibt: »*Daß* Sie es in der DDR aushalten wollen, versteh' ich; ich hänge ja auch an kaputten Sachen. Aber *wie* man es aushält, wie *Sie* es aushalten, das interessiert mich, das habe ich mittlerweile *etwas* besser, aber noch lange nicht ausreichend begriffen. Meine nicht sehr dankbare Rolle als Ihr Briefpartner sehe ich darin, Sie mit allen möglichen Späßchen und Vermutungen und Selbstbezichtigungen zu animieren, mir Ihr DDR-Leben zu erklären. Sie sind an einen Animierpartner geraten, Madame!« (23. 10. 87) Und er antizipiert sogleich, daß er für dieses Bonmot (mit freien Assoziationsmöglichkeiten à la »Ich bin ein Elephant, Madame!«) Prügel beziehen wird – und so ist es dann auch: Wütend schreibt sie zurück: »Als wir unsere Korrespondenz begannen, dachte ich, wir beide würden mit unseren verschiedenen Erfahrungen und Lebensumständen gemeinsam über einige interessante, von mir aus auch deutsch-deutsche Themen nachdenken, und nicht, daß Sie im literarischen Negligé vor mir herumhüpfen, um mir die unerhörten DDR-Neuheiten zu entlocken. Ich bin keine Nachrichtenagentur. Und was soll die Albernheit (vielleicht nennen Sie das wieder Ironie), ich solle Ihnen erzählen, wie ich mein DDR-Leben aushalte. Mein DDR-Leben ist mein Leben, wie Ihr Leben ein Leben in München ist, und ich werde einen Teufel tun, aber nicht auf der Kolumnenseite des *ZEITmagazins* mein Leben verhackstücken.« (30. 10. 87)

Da ist es wieder, das Mißverständnis. Sie versteht sich als Berichterstatterin, die die Gesprächsthemen, die ihr zufallen, auch prompt und ernst auslotet. Mehr noch. Im Grunde versteht sie ihren Part so, wie viele Literaten in der DDR ihr Verhältnis zur Literatur handhaben: Literatur ist Sprachrohr für Unsagbares, für Themen und Geschichten, die auf der politischen oder wissenschaftlichen Ebene (noch) gar nicht ausgesprochen werden dürfen. »Nachrichten aus einem anderen Land« könnte man ihre Briefe titulieren, denn es wird ja wirklich einiges gesagt, was man so anderswo nicht lesen kann.

Er hingegen wirft die Themen wie Spielbälle in die Luft, fängt sie ein paarmal auf und läßt sie dann liegen. Dabei versteht er sich allen Ernstes als ihr Animierpartner. Was ihr als schiefe Ironie erscheint, kommt aus dem Herzen: Ich, der Westler, genieße mehr Vorteile und fühle mich deshalb verpflichtet, Sie bei guter Laune zu halten. Küß die Hand, Madame.

Und damit sind wir beim Thema: Wie soll ein Westler, der die DDR aus der Zeitung (vielleicht noch aus den Fernsehberichten) und von gelegentlichen Erzählungen Dritter kennt, über die DDR schreiben? Denn darauf beharrt der Westpartner ja: Er will nicht nur über den Westen reden, davon versteht er soviel, das ist ihm schon wieder langweilig – er will auch über den Osten reden. Er will ihr zeigen, daß er informiert ist, und er will – ein bißchen Masochismus ist schon auch dabei – von ihr verbessert werden, wenn er falsch liegt. Ja, manchmal wirkt dieser merkwürdige Dialog wie ein Lehrer-Schüler-Verhältnis. Auch wenn er seine Meinungen über die DDR als spielerische Argumente versteht.

Ein Beispiel: Sie teilt Beobachtungen über das Ritual der 1.-Mai-Demonstrationen mit und schreibt über die Säufer in den städtischen Grünanlagen, die aus diesem Anlaß einen extra heben. Er antwortet, daß er sich an solcherlei »ranziger Idylle« nicht zu laben vermöge. Und dann heißt es: »Und natürlich kämpfen auch die Säufer für den Frieden, wobei mir der eherne Schlachtruf der Friedensbewegung, man solle

Schwerter zu Pflugscharen schmieden, in seiner weniger pathetischen Trinker-Variation besser gefällt: Schwerter zu Bierdosen! – Kommt dieser pfiffige Ausruf womöglich aus der DDR? Ich habe den Verdacht, daß die DDR der BRD an Pfiffigkeit überlegen ist.« (28. 8. 87) Sie antwortet prompt: »Der Slogan ›Schwerter zu Bierdosen‹ kann nicht aus der DDR stammen, weil es in der DDR kein Dosenbier gibt.« (4. 9. 87). Eins zu Null – und mit der »Pfiffigkeit« kann sie nichts anfangen, argwöhnt im Gegenteil, daß Pfiffigkeit ein Euphemismus für den frustrierenden Umgang mit der Bürokratie ist.

Ein anderes Beispiel: Joseph von Westphalen hatte sich anläßlich eines Treffens mit DDR-Autoren in Klagenfurt Gedanken über die DDR-Literatur und die deutsche Sprache gemacht und schreibt am 23. 10. 87: »Dieselben deutschen Wörter werden von uns verschieden besetzt. Und meiner Ansicht nach müssen die DDR-Literaten zwangsläufig ganz andere Bücher machen, nämlich metaphernreichere.« Monika Maron weiß natürlich, welche ihrer Kollegen/Kolleginnen Joseph von Westphalen in Klagenfurt getroffen hat. Da gibt es Unverträglichkeiten. Von diesen Kollegen hat kaum einer/eine mal einen Finger für sie gerührt. Im Gegenteil: Jene, die jahrzehntelang in einer Atmosphäre der Kompromisse großgeworden sind (von den Demütigungen nicht zu sprechen), empfinden eine Kämpfernatur wie Monika Maron als Bedrohung.

Und noch eins: Was Joseph von Westphalen vermutlich nicht weiß, die kritische Haltung mancher DDR-Autoren hinter vorgehaltener Hand, sie ist inzwischen eine Selbstverständlichkeit geworden, ja sie wirkt manchmal fast affirmativ, denn sie tut niemandem weh.

Aus den Gedanken Joseph von Westphalens zur Lage der deutschen Literatur und Sprache greift Monika Maron einen Aspekt auf: »Ich gehöre übrigens nicht zu den Anhängern der Theorie von den zwei deutschen Literaturen. Ich denke, daß wir alle, beladen mit der gleichen Geschichte und geformt durch die gleiche Kultur, über Deutschland nach dem Zweiten Weltkrieg schreiben, jeder über die Verhältnisse und unter den Umständen, in denen er lebt. Wollte ich die Existenz von zwei deutschen Literaturen zugeben, müßte ich diese jeweils noch einige Male aufteilen, denn so fremd mir einige DDR-Autoren sind, so verbunden fühle ich mich einigen Schriftstellern aus der Bundesrepublik, der Schweiz oder Österreich.« (30. 10. 87)

In diesem Passus ist viel von dem Dilemma jener DDR-Autoren/Autorinnen enthalten, die bislang ausschließlich im Westen veröffentlichen konnten (durften), weil man ihre Manuskripte entweder auf die lange Bank schob oder sie gänzlich ablehnte. Wie sollten sich denn Monika Maron, Wolfgang Hilbig und Gert Neumann – oder Katja Lange-Müller – begreifen, die nicht oder kaum im Osten präsent waren, deren Leben in der DDR aber ihre ganze schriftstellerische Existenz begründet und beeinflußt hat – wie, wenn nicht als deutsche Schriftsteller?

Das ist ja das Vertrackte an der Situation der Literatur in der Bundesrepublik und der DDR, daß man nach über vierzig Jahren Trennung gar nicht mehr so auseinanderhalten kann, wie man es eigentlich sollte (wollte?). Und das betrifft nicht nur die Autoren, die in der DDR leben und nur im Westen veröffentlichen können – es gilt ja auch für die, die keine spezifischen »DDR-Themen« aufgreifen. Was ist mit den Lyrikern? Kann man den jungen Dichter Uwe Kolbe als DDR-Lyriker bezeichnen, so wie man Johannes R. Becher und Georg Maurer als DDR-Lyriker bezeichnen konnte? Muß man ihn nicht einen deutschen (meinetwegen deutschsprachigen) Lyriker nennen? Was ist mit dem verstorbenen Peter Huchel, dem aus der DDR Vertriebenen, auch er kein DDR-Autor, sondern ein deutscher Lyriker. Oder Uwe Johnson: Aus der DDR ausgewandert, in der Bundesrepublik und in West-Berlin nicht heimisch geworden und schließlich nach England ausgewandert und dort gestorben?

Das Ost-West-Thema hat seine Tücken. Konnte man noch vor Jahren, als es darum ging, die Faktizität der DDR erst einmal schlicht zur Kenntnis zu nehmen, mit Fug und Recht

nicht nur die Unterschiedlichkeit, sondern auch die grundsätzliche Verschiedenheit herauskehren, so verwischen sich heute die Gegensätze auf eine unverhoffte Art und Weise. Hinter all der Verschiedenheit auf der Grundlage zweier deutscher Staatsgebilde kommen – auch bedingt durch die hunderttausend Fäden, die in den letzten Jahren die DDR mit der Bundesrepublik verbunden haben – doch wieder mehr Gemeinsamkeit zutage, als man einst gedacht hatte.
Und bei allen Mißverständnissen, die zwischen Monika Maron und Joseph von Westphalen herrschen, kommt doch dies wirklich als ein Gemeinsames heraus: Beide gründeln tief, wollen den Gemeinsamkeiten und Unterschieden in Ost und West auf die Spur kommen. Wollen auf Teufel komm raus doch was Gemeinsames finden, und sei es dies, daß sie die Verschiedenheit ihrer Befindlichkeit jeweils anders interpretieren. Und sie tun dies auf ihre jeweils verschiedene Weise: Die Schriftstellerin aus der DDR direkt, empfindlich, manchmal pampig – der Journalist aus der Bundesrepublik im Parlandostil, hartnäckig, manchmal geziert.
Welche Assoziationen und Ärgernisse er mit seiner Bemerkung über die verschiedene Besetzung der deutschen Wörter und den Metaphernreichtum der DDR-Schriftsteller wachgerufen hat, ist dem Joseph von Westphalen nicht klar. Und das ist vielleicht ein Manko. Vielleicht macht es aber auch die Spannung aus, die der Briefwechsel streckenweise besitzt.
Hemmend wirkt sich dabei aus, daß Joseph von Westphalen von der Furcht beherrscht ist, seine kritischen Äußerungen zur DDR könnten ihn in eine Reihe mit Helmut Kohl, den er nicht ausstehen kann, oder Franz Joseph Strauß, den er »ekelhaft« findet, bringen. Das beginnt im ersten Brief mit der Frage, wie man denn nun die Länder nennen solle, in denen man lebt? Mit dem gemeinsamen alten Namen Deutschland oder mit der Staatsbezeichnung? Auf keinen Fall möchte er sich verhalten wie ein CSU-Mitglied oder ein Heimatvertriebenenverbandsvorsitzender (3.7.87). Im gleichen Brief, der das Thema Grenze anspricht, heißt es über die DDR-Zöllner: »Ich denke nur deswegen nicht so schmutzig über Eure Zöll-

ner, weil dies die schmutzigen Gedanken unserer Reaktionäre sind.« (3. 7. 87) Er relativiert das zwar im nachhinein, aber die Angst vor dem Gleichklang mit den Reaktionären ist geäußert und bleibt bestehen. »Du mußt aufpassen, kein plumper Antikommunist zu werden«, beschwört er sich angesichts seiner frustrierenden Erlebnisse im winterlichen Moskau (18. 12. 87).

Durch die Rücksichtnahme auf diese »Gefahr« beschränkt er seinen Aktionsradius, erlegt sich dort Vorsichtigkeit auf, wo sie überhaupt nicht notwendig ist – und auf der anderen Seite bricht es dann manchmal aus ihm heraus, so im Brief vom 23. 10. 87, in dem er die DDR einen »Saftladen« nennt. Denn schließlich will er ja auch nicht als politischer Sympathisant der DDR bezeichnet werden: »Mit diesen dummen DKP- oder DKP-nahen Leuten habe ich nun wirklich nichts zu tun...« (23. 10. 87)

Aus seinem selbstgebauten Dilemma heraus fängt er an, Ost gegen West aufzurechnen. D. h. immer wenn er etwas Kritisches gegen die DDR sagt, muß er auch was Kritisches gegen den Westen äußern. Daraus entstehen dann solche Bemerkungen: »Wir können ja vielleicht mal ein Ost-West-Karten- oder Würfelspiel erfinden und auf den gesamtdeutschen Spielwarenmarkt schleudern; so etwas Lehrreiches für die ganze Familie, wo man die Vor- und Nachteile unserer verschiedenen Republiken wechselseitig nach einem Punktsystem austauschen kann: Weststreß gegen östlichen Visumszwang, DDR-Billigmieten gegen BRD-Mercedes, Informationshunger gegen Informationsverstopfung.« (28. 8. 87)

Sehr spielerisch nimmt sich die Bemerkung vor dem eben beschriebenen Dilemma nicht aus. Dafür wirft sie einmal mehr die Frage auf: Warum um Himmels willen tut hier einer so, als befänden wir uns noch in den Zeiten des Kalten Krieges, wo man automatisch für Adenauer war, wenn man etwas gegen die DDR sagte? Was beißt einen, sich von »den Reaktionären« die Grenzen kritischen Denkens markieren zu lassen? Da haben also die französischen Linksintellektuellen doch recht, wenn sie uns vorwerfen, wir verhielten uns opportunistisch gegenüber den Gesellschaften in den sozialistischen Ländern, mogelten uns um klare und rechtzeitige Stellungnahmen herum, taktierten an der falschen Stelle und betrieben auf diese Weise eine Politik, die immer auf Kosten der dortigen Einwohner ginge. Die besten Beispiele aus jüngster Zeit: Polen und Afghanistan.

Und überhaupt: Wer sind denn die »Reaktionäre« heute, wenn sich Strauß und Jenninger und all die anderen in Ost-Berlin dauernd die Klinke in die Hand geben? Sie sprechen doch der DDR längst nicht mehr die Existenzberechtigung ab. Sie haben im Gegenteil in ihr auch einen Markt entdeckt nach dem Motto: Hier ein Airbus und dort ein Kredit – das stärkt die deutsche Identität!

Hinter all den Asymmetrien, die im Briefwechsel auftauchen und die Verständigung erschweren, wird aber doch eine ganze Menge von Bildern, Assoziationen und Innenansichten aus der DDR und der Bundesrepublik frei, die, weil sie oft aus dem Affekt heraus formuliert werden, authentischer sind als manches, was man hier aus Journalistenmund hört.

Am interessantesten in den Briefen Monika Marons fand ich jene Passagen, in denen direkt und indirekt vom psychischen Verhältnis der Bürger zu ihrem Staat, der DDR, die Rede ist, von der Verinnerlichung der Staatsgewalt. Diese Passagen haben mich beeindruckt, weil ich Parallelen zum Westen entdeckte, eben das deutsche Verhältnis zum Staat als der obersten Autorität.

»Kürzlich ... sah ich im ZDF eine Sendung, in der DDR-Bürger, die gerade auf dem Weg zu ihren West-Verwandten waren, nach den Reisemöglichkeiten und -bedingungen befragt wurden. Und einige von ihnen erzählten mit Dankbarkeit in der Stimme, wie großzügig die Polizei doch mit ihnen umgegangen sei, sogar eine schöne Reise habe man ihnen gewünscht ... Daß es Länder gibt, deren Bewohner nur verständnislos den Kopf schütteln, wenn man ihnen erzählt, daß man die Erlaubnis der Polizei braucht (die auch ohne Begründung verweigert werden kann), um in ein Nachbarland zu fahren, wird als Sonderfall, nicht als Normalität angesehen.

Die gesetzliche Rechtlosigkeit ist so weit verinnerlicht, daß das Zugeständnis minimaler Bürgerrechte als bedankenswerte Gnade empfunden wird.« (2. 10. 87) Es folgt die Geschichte des Sprachwissenschaftlers R., der seit zwanzig Jahren darauf wartet, daß man ihm eine Reisegenehmigung in Familienangelegenheiten erteilt.

Mich hat diese Schilderung deshalb bestürzt, weil man solches vielfach an Grenzübergängen der DDR erlebt und sich doch nicht Rechenschaft darüber ablegt, was das eigentlich bedeutet: daß solch eine lebenslange Praxis der psychischen Unterordnung unter den Staat, der Verinnerlichung und Antizipation von Staatsgewalt zur freiwilligen Aufgabe der Menschenwürde führt. In der Schilderung gewinnt diese Haltung Orwellsche Qualitäten. Der große Bruder hat die Sonde schon ins Gehirn eingeführt und ist ständig präsent. Und wenn man nicht wüßte, daß es viele andere und gegenwirkende Kräfte gibt, könnte man schier verzweifeln.

Von hier aus wird natürlich auch ein besonderer Blick auf die Briefschreiberin möglich, wird erklärlich, warum sie sich so kratzbürstig verhält und wütend darauf beharrt, *sie* habe sich *nicht* arrangiert mit ihrem Staat (2. 10. 87). Vielleicht muß man ja wirklich Kratzbürstigkeit herauskehren, um überleben zu können. Zumindest gilt das für eine Autorin, die in der Identifikation mit dem Staat und seiner Partei aufgewachsen ist und durch schmerzliche Erfahrungen sich jene Widerborstigkeit als Lebenshaltung erobert hat, über die ihr Briefpartner oft hörbar stöhnt.

Was mich aber mindestens ebensosehr an einem Passus wie dem zitierten bestürzt hat, ist die Erkenntnis, daß in der Staatsliebe seitenverkehrt ein Stück deutsch-deutsche Gemeinsamkeit sichtbar wird. Auch im Westen gibt es diese latente Staatsliebe, die zur seelischen Identifizierung mit der Staatsgewalt führt. Man muß nicht an die Hoch-Zeiten der Terroristenverfolgung denken. Man muß auch nicht an den Nationalsozialismus denken, jene gemeinsame deutsche Vergangenheit, die ihr Schreckenssystem eben auf jener Sehnsucht nach der starken Staatsgewalt und dem großen Führer

auslebte. Nein, der deutsche Alltag bringt es hervor: in der Straßenbahn, in der Kneipe.
Ist es am Ende so, daß sich die beiden Staaten doch gar nicht so weit voneinander entfernt haben? Allemal, so bemerken die beiden Briefpartner, ohne daß ihnen das erstaunlich vorkommt, verfolgen die beiden deutschen Staaten ziemlich ähnliche Machtinteressen (Briefe vom 16.10.87 und 11.3.88). Anders sei es nicht zu erklären, wieso sich Graf Lambsdorff, Franz Joseph Strauß und andere so gut mit Erich Honecker verstehen und umgekehrt. Das gegenseitige Interesse an der wirtschaftlichen Verflechtung, an der machtpolitischen Kontinuität und der innenpolitischen Stabilität sei stärker als alle ideologischen Unterschiede. Dies nach vierzig Jahren getrennter Staatsgeschichte festzustellen, hat schon etwas Kurioses. Und der Satz von Monika Maron: »Die Deutschen in Ost und West können einander als Spiegel dienen; jede Seite lebt der anderen deren andere Möglichkeit vor. Und was sie jetzt, wenn sie sich gegenseitig betrachten, aneinander nicht mögen oder gar verachten, verachten sie im Grunde an sich selbst.« (30. 10. 87) gibt dieser Kuriosität auf eine besondere Art und Weise Ausdruck.
Während Monika Marons Mitteilungen über die DDR aus einer Mischung von Information und Enthüllung bestehen und oft von konkreter Wut getragen werden, ist Joseph von Westphalens Haltung zu seinem Land komplizierter, auch weniger faßbar. Im Laufe des Briefwechsels werden alle aktuellen Themen einmal gestreift: von der CSU (AIDS-Gauweiler) über die Zensur der Autoren durch die Medien, Südafrika, New Age bis hin zum Wohlstandsüberdruß und zum Pazifismus. Es fällt auf, daß die Ablehnung der gegenwärtigen Politik der Bundesregierung von einem ans Hilflose grenzenden Ekel gespeist wird. Dieser Ekel wird im Laufe des Briefwechsels eher stärker als schwächer. Am Ende entsteht ein Bild unserer Republik, das trister nicht sein könnte. Politiker (wie Gauweiler und Zimmermann) »verletzen uns in unserer Würde« (17.7.87). Die Wahlen sind ein »ausgemachter, aber auch notwendiger Massenbetrug« (31.7.87). Die Me-

dien üben Druck auf unabhängige Journalisten aus und verhängen Maulkörbe (29.9.87 und 26.2.88). Die Bundesrepublik und der Westen leben auf Kosten der Dritten Welt, genießen die Segnungen des Wohlstands und leiden gleichzeitig daran, deshalb verfallen die Wirtschaftsmanager der »New Age«-Ideologie (6.11.87). »Hier ist alles sehr schnell abgegriffen«, heißt es am 12.2.1988 mit dem Hinweis auf die Schnellebigkeit der Moden und ihrer Kritiker im Westen. Daraus spricht auch der Neid des Westlers gegen die DDR-Bürgerin, die noch richtig wütend sein kann, sich ärgert und flucht und doch weiß, wohin der Hase läuft.

Das eben vermittelt der Briefwechsel auch: bei allem Generve, mit dem eine zwischen den Grenzen lebende Autorin zu kämpfen hat. Sie ist DDR-Bürgerin und fühlt sich auch so. Dies steht bei ihr nie in Frage, während Joseph von Westphalen sich sehr schwer tut. Einmal stößt er heftig hervor: »Nein, ich lasse mich nicht zum typischen Westmenschen machen, das habe ich nicht verdient.« (31.7.87) Und dann wieder: »Ich bin übrigens zähneknirschend bereit, an mir selbst durchaus typisch bundesdeutsche Züge zu diagnostizieren...« – Und schließlich die böse Vorahnung: »Und weil es das Allerletzte ist, *typisch deutsch* zu sein, dürfte eben das Bekenntnis zum Deutschsein bei den Vorreitern des Zeitgeistes schon bald zum letzten Schrei gehören.« (12.2.88) Das ist wohl möglich, daß nach New Age *Neu Deutsch* kommt. Das gab es ja schon mal um die Jahrhundertwende, als sich allerlei Obskurantes und Astrologisch-Metaphysisches mit Jugendbewegtem und Völkischem mischte. Diese Gläubigkeit wird Joseph von Westphalen nie mehr erreichen. Für die Angehörigen seiner Generation gehört es zur politischen Identität, keine *deutsche* Identität zu haben. Und mag man dies auch Hilflosigkeit nennen; es ist auch ein Protest gegen die allzuschnelle Verdrängung der Katastrophe.

Die Aufsehen erregenden Passagen sind gleichwohl die beiden »Militärbriefe« vom 13.11. und vom 20.11.1987. Und dies nicht etwa, weil in ihnen etwas völlig Neues mitgeteilt würde, sondern weil auf den Brief Joseph von Westphalens, der ja auf die Schilderung Monika Marons antwortet, eine außergewöhnlich heftige Leserreaktion erfolgte. Die ganze Zeit hindurch war der Dialog von Leserbriefen begleitet gewesen, deren Schreiber/innen sich, ähnlich wie beim Fußball, als Schiedsrichter betätigten: Eins zu Null für Maron; gelbe Karte für Westphalen und ähnliches.

In den Leserreaktionen kommt ein »deutscher« Zug zum Vorschein, gegen den Joseph von Westphalen in seinen Briefen, manchmal launisch, manchmal affektiert, manchmal leidend, angeschrieben hatte: die Sehnsucht der Deutschen nach der starken Autorität, die ja in einem demokratischen System nicht mehr durch den Staat selbst, sondern durch seinen Apparat, die Polizei – und eben das Militär verkörpert wird.

Begonnen hatte es damit, daß Monika Maron eine unverhoffte Begegnung mit einer Übung der paramilitärischen Kampfgruppen hatte. »Kampfgruppen« sind – vereinfacht ausgedrückt – die militärische Reserve der Partei im Innern, die sogenannte Heimatverteidigung, die Haus und Hof und Betrieb und Wohngebiet schützt. Es wird berichtet von dem ebenso lauten wie sinnlosen Einbruch dieser paramilitärisch gekleideten Männer in die ländliche Dorfidylle, von der plötzlichen Veränderung des dörflichen Lebens, als die alten Frauen, die dort schon vierzig Jahre wohnen, plötzlich ihre Personalausweise vorzeigen müssen – und von den feuerwerksähnlichen Schießübungen, von denen sich die Einwohner bedroht fühlen (13. 11. 87). Joseph von Westphalen antwortet mit einem Bericht über seine Leidensgeschichte beim Militär, und er gibt seinem Abscheu gegen das Militär kräftigen Ausdruck. Das reicht von: »Nichts versetzt mich so sehr in Trauer wie das Militär« über »Das Ganze ist und bleibt eine Dressur. Ein Pulk im Gleichschritt marschierender Soldaten ist einfach nichts Normales. Es ist ekelhaft.« Bis hin zu: »Lieber eine Plastiktüte mit Abfällen am Waldrand als ein Soldat.« So weit so gut. Der Schreiber steht mit diesen Worten in der Tradition des deutschen Pazifismus und der Militär-Satire. Sie sind zwar unterentwickelt, aber es gibt sie. 1919 schrieb Kurt Tucholsky in der *Weltbühne:* »Wie kann ein Volk ge-

deutet werden, das nach allem, was geschehen ist, nach allem, was es erfahren und gelitten hat, den verlorenen Krieg als einen kleinen Betriebsunfall ansieht – ›Reden wir nicht weiter darüber‹ –, und das heute am liebsten das alte böse Spiel von damals wieder aufnehmen möchte: die Unterdrückung durch aufgeblasene Vorgesetzte, ein Deutscher tritt den andern und ist stolz ihn zu treten, die schimmernden vergötterten Abzeichen, der Götze Leutnant – ›unser Militär‹ ...
Aber unbeirrbar steht der deutsche Spießer, nein, der deutsche Bürger da, der Patriot *quand-même*, er wirft sich in die Brust. Aber der Deutsche, der nichts gesehen hat, und als seien Krieg und Zusammenbruch nicht gewesen, ruft er stolz tönend in die Lüfte: ›Unser Militär‹ ... Der Sturm ist vorübergebraust – der deutsche Spitzweg-Bürger steckt die Nase zum Fenster heraus, dann den ganzen Kopf und spricht frohbewegt: ›Aber es regnet ja gar nicht mehr!‹ Und nimmt den alten Stock und den alten Hut ...
Schlagt sie ihm herunter! Laßt nie, nie wieder diese Burschen aufkommen, die euch gemartert haben und gequält und gedemütigt und kujoniert!«
Gewiß, das war 1919 – auch wenn es verblüffend aktuell klingt. Leider sind die Leserbriefe oder sonstige obrigkeitliche Reaktionen auf Tucholskys Polemik nicht mehr erhalten. Aber es läßt sich ausdenken, welche Leserbriefe er 1987/88 erhalten hätte.
Die Briefe an Joseph von Westphalen lassen da nichts zu wünschen übrig. »Als Soldat und Bürger fühle ich mich in meiner Menschenwürde verletzt.« – »Unverschämte und ungeheuerliche Sinnentstellung, ja Perversion des Auftrags der Bundeswehr.« – »Grobe Pauschalbeleidigung von ca. 495 000 Bürgern dieser Republik«. Da wird eine »schriftliche Entschuldigung« gefordert. Zu Zeiten Tucholskys wäre von Westphalen wohl zu einem Duell herausgefordert worden. Der Artikel beleidige »eine Million deutsche und alliierte Soldaten, die durch ihren Dienst (!) nicht zuletzt die Freiheit der Presse sichern.« Und schließlich: »Ich weiß nicht, welchen Sinn es haben soll, bei einem deutsch-deutschen Briefwechsel einen

westlichen Partner zu präsentieren, der die Interessen der eigenen Seite gar nicht zu vertreten geneigt ist.«
Das letzte Zitat macht deutlich, daß der Briefwechsel zumindest von einem Teil der Leser als publizistischer Austausch gegnerischer Systeme verarbeitet worden ist. Also ist es doch noch nicht so weit her mit der Entspannung. Die DDR ist also noch immer ein feindliches System; mag die Schriftstellerin, die darüber schreibt, auch kritisch gesinnt sein, sie ist eine offizielle Vertreterin ihres Systems. So einfach ist das. Hätte nur noch gefehlt, daß ihr Briefpartner als Landesverräter gebrandmarkt würde. Und es tröstet kein bißchen, daß die meisten der Leserbriefschreiber in Sachen Militär entweder in gegenwärtigen oder vergangenen Diensten bei der Bundeswehr stehen. Im Gegenteil. Da herrschen also noch die alten Feindbilder, von denen vorhin gemeint wurde, sie seien im deutsch-deutschen Shake-hands untergegangen.
Dabei sind gar nicht alle Briefe so emotional aufgeladen. Das Schreiben eines Oberstleutnants im Bundesverteidigungsministerium z. B. ist äußerst moderat im Ton. Er zeichnet das Bild einer Gentleman-Armee, deren einzige Aufgabe der höfliche Schutz der Armen und Schwachen ist. Auch das Töten des Gegners soll nur nach den »Normen des Völkerrechts und der Humanität« erfolgen. Ein so erlegter Gegner ist eben anders tot als ein schlicht erschossener. Darüber hinaus erscheint die Bundeswehr als eine Art von College, eine Eliteschule der Nation, in der aufgeklärte Erzieher junge Menschen auf das Leben vorbereiten. Die Bundeswehr also als militärische *und* zivile Schutzmacht. Von geheimen Angriffsplänen, von Tötungstechniken und Nahkampfübungen ist hier natürlich nicht die Rede. Es handelt sich ja auch, das legt der Absender nahe, um public relations für die Bundeswehr. Das ist das gute Recht des dort angestellten Herrn Oberstleutnants. Nur, die ganze Wahrheit ist das auch nicht.
Dabei soll gar nicht moniert werden, daß Briefe von Bundeswehrangehörigen wie die oben zitierten auch Pluspunkte für die nächste Beförderung bringen können – was deren Wert nicht verringert, aber doch gehörig verändert. Dann nämlich

sollten sie nicht mehr als spontane Unmutsäußerungen rezipiert werden, sondern als taktische Manöver nach dem Motto: Setze deinen Gegner ins Unrecht, indem du deine Ehrenhaftigkeit und Blauäugigkeit hervorkehrst. Das aber wäre dann eine weitere deutsch-deutsche Gemeinsamkeit. In der DDR hat der »spontane Brief« eine lange Tradition. Er ist ein beliebtes Instrument der Parteiführung zur politischen Kanalisierung von Emotionen. Jüngstes Beispiel: die Pfingstunruhen 1987 und die Verhaftungen von kritischen Intellektuellen im Januar 1988. Die Aktionen des Staatsapparats waren jeweils von heftigen Unmutsäußerungen »der Arbeiterklasse« und der »sozialistischen Jugend« gegen den »Gegner«, die »Agenten aus dem Westen« usw. begleitet.
Warum ist es in dieser Republik, die sich doch so viel auf ihre Freiheitlichkeit zugute hält – auch die Leserbriefschreiber reiten ja dauernd auf ihr rum –, nicht möglich, einen wütend-traurigen Pazifisten zu ertragen?

Monika Maron wurde 1941 in Berlin geboren. Nach dem Abitur arbeitete sie ein Jahr lang als Fräserin. Sie studierte Theaterwissenschaften und Kunstgeschichte und war als Regieassistentin beim Fernsehen tätig sowie als wissenschaftliche Aspirantin an der Schauspielschule in Berlin/DDR. Sechs Jahre lang war sie dann Reporterin, zuerst bei der Frauenzeitschrift *Für Dich* und später bei der *Wochenpost*. Seit 1976 lebt sie freiberuflich in Berlin/DDR (und, seit Juni 1988, auch in Hamburg).

Von Monika Maron sind bisher folgende Titel erschienen:
Flugasche. Roman, 1981 (und Fischer Taschenbuch Bd. 3784)
Das Mißverständnis. Vier Erzählungen und ein Stück, 1982
Die Überläuferin. Roman, 1986 (und Fischer Taschenbuch Bd. 9197)

Joseph von Westphalen, geboren 1945 als Flüchtlingskind in Bayern. Aufgewachsen in München. Studium der Literaturwissenschaft und Kunstgeschichte. Promotion. Lebt in München.
Beiträge für *Kursbuch*, *Merkur*, ehedem *Transatlantik*, *ZEITmagazin*, *Weltwoche* (Zürich), *taz* und andere Zeitschriften, Zeitungen, Anthologien und Sendeanstalten.

Von Joseph von Westphalen sind bisher folgende Titel erschienen:
Warum ich Monarchist geworden bin, 1986
Warum ich Terrorist geworden bin, 1986
Warum ich trotzdem Seitensprünge mache, 1987